濫情中年

米果的大人情感學

米果——著

中年以前

以前覺得
所謂的快樂
必須很具象，像煙火一樣
不只自己感覺幸福
還要讓旁人羨慕
以為天長地久是必然

步入中年

變得很愛哭
一點點小事情
勾到內心一絲絲脆弱的線頭
就哭了

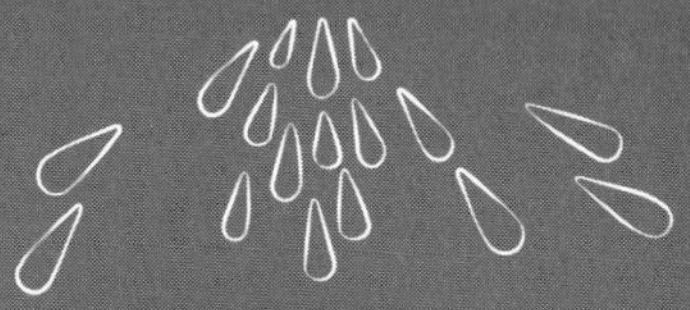

過了中年之後

朋友不必多　留下相知相惜的就好

類似「精選輯」的概念

不可以對新事物新流行失去探索的興趣

喜歡打扮的就繼續喜歡

沒必要為了迎合別人的觀感去改變什麼

不可以變成討厭的長輩

【自序】

被說濫情，我反而有點高興……

開始意識到中年，或許是晨起面對鏡子的剎那沮喪，或許是照片裡的自己出現細微的老態，那真是日積月累之後讓人不得不認命的殘忍。

歲月來勢洶洶，既不暗示，也不掩飾，直直地來，用意鮮明。

然而類似這樣的挫折並未將自己逼到牆角，變老原本就不可逆，至多感慨一下青春不再，很快就看開，如果不看開也沒別的方法了。跟年紀對抗的微整型，頂多是最低階的外觀保衛戰而已，既然覺悟，就不必再多花錢了。

倒是那些動不動就湧上來的情緒，猶如善意的攻擊，也不是什麼深沉的悲傷，而是微小的，像被針頭刺了一下，狀似小黑蚊叮咬的痛癢，或可以稱為多情易感吧。年輕的時候或許也這般，但中年過後的多情不太一樣，水龍頭打開之後，自己知道如何關上。

可能是帶有溫度的回憶，恰好熟成的感慨，似曾相識的歡喜或憂傷，總算釋懷的恩怨，各種型態的情緒一旦湧上，鼻頭就酸了，喉頭就緊了，也不看時機，有時眼淚滾落下來，有時逞強含在眼眶裡，但總有辦法立刻回穩，返身去做些普通到不行的瑣事。

看著電視廣告也可以淚流滿面，喜歡的電影一看再看也不覺乏味，小說的一句對白就能把骨子裡的堅強瞬間瓦解，才知道中年也沒有勇敢到哪裡，濫情而已。

剛剛過世的日本女演員樹木希林，在生前曾經接受媒體邀訪，希望她可以給年輕人一些建言。她的回答很妙，她說，年輕人啊，不必理會像我這樣的老人給什麼建言，因為我年輕的時候，也從來不會聽這些。

是枝裕和導演的電影作品《比海還深》之中，由Lily Franky飾演的徵信社老闆說過一段話，「要有辦法成為別人的過去，才是成熟的大人」。我反覆看這部電影，每當情節來到這段，就自以為話語的箭頭指向自己——我想要變成那樣的大人。

觀看戲劇或閱讀小說文本的時候，有時憧憬自己可以有那樣的人生，有時警戒自己千萬別變成那樣的人。畢竟是旁觀他人的故事，就盡量把濫情的油門催到底，好過在現實人生之中，把自己搞到鼻青臉腫、遍體鱗傷。

也不喜好爭辯了，若是他人與自己想法不同，以前覺得可惡或討厭，現在大約是可以體諒對方難處，想說自己說不定也因為愚蠢而被包容過，那就無所謂了。

被說愛哭濫情反而有點高興，因為情感氾濫之後，自然會順著人生閱歷的微血管分流而去，直到手足的末梢為止。若因為步入中年就強迫自己必須勇敢、必須豁達、必須認命，那倒也不必要，重要的是該有一顆容易感動且有溫度的心，我覺得那比加諸在中年身上任何功成名就的期望，都要來得溫柔而有力量。

我一點都不期待自己變成多麼厲害的大人，但千萬不能變成愛說教的長輩；不夠堅強也無所謂，可是一定要為世間所有美好事物而開心而感動，我希望以這種姿態一路往老年慢慢前去。

1 永遠幸福了嗎？

2 那些你以為的

3 人生登出模式

永遠幸福了嗎？

1

談一場大人的戀愛？

大人的情感，應該是無法分類定義，
沒有單一格式足以描述。
年齡大了未必成熟，
對於愛情的決定也不見得更有智慧。

幾歲之後，才有資格稱之為「大人」？即使自己已經超過所謂中年人的標準線了，還是會常常思考這個問題。

到底是年齡？想法的成熟度？法律上的定義？還是滄桑？老成？挫折？最近則是覺得，對於世間所有嗔痴愛恨能否釋懷，可能也是成為大人的條件吧！

現年七十三歲的日本演員「吉永小百合」，是JR東日本「大人的休日俱樂部」代言人，這計畫只要五十歲以上就可以加入，累積一定的JR鐵道公里數就有優惠折扣。我很難形容吉永小百合拍攝的鐵道旅行廣告究竟是什麼明確的大人味，總之，不會是穿著顏色鮮豔的浴衣，一群人吆喝著去看夏日煙火，或是在海灘大叫奔跑之類的，大人味很難界定，真的。

廣告也很愛用類似這樣的文案：「談一場大人的戀愛吧！」聽起來好像不錯，但是，大人的戀愛，是什麼樣的戀愛？通常，會聯想到不倫的婚外情？或是第二春？一旦如此聯想，好像覺得不那麼浪漫，不容易被理解。世間普遍有種看待熟年愛情的偏見，太過奔放難免被評斷不為家人的面子著想，如果太過率性，又容易被輿論唾棄，成為被批判的主角。

換個角度來想想，如果是像日劇《倒數第二次戀愛》那樣的中年男女，四十五歲獨身未婚，搬到「江之電」極樂寺站附近的老房子居住的電視台女主管「吉野千明」，跟住在隔壁、任職於鎌倉市觀光課，長倉家的長子，五十歲的「長倉和平」，他們談的那種大人的戀愛，感覺好像不錯。可能是飾演這兩個角色的「小泉今日子」跟「中井貴一」的關係吧，兩人都有符合那個年紀的氣質跟俊美，這樣說起來又陷入以貌取人的膚淺，不過主角換成不是俊男美女的組合，感覺一定不同，這是最殘忍的地方。

有一次在捷運列車上，看到坐在對面的一對中年男女，頭倚著頭，睡著了，還手牽著手。我用手機上傳限時動態，以文字形容那畫面，結果只有一個人說那是甜蜜的真愛，其他留言都說那是婚外情，一般人認為婚姻到了中年，夫妻還會在公共場所手牽手，好像不多了。

某天在台北市中心的斑馬線上，看到一位熟齡女子，頭髮應該是剛去髮廊上過髮捲，類似八、九〇年代流行的法拉頭，穿著緊身桃紅色上衣，搭配黑色傘狀迷你裙，下面是黑色網襪，和一雙紅色高跟鞋。她跟斑馬線另一頭走來的中年男子開心相擁，「等很久嗎？」「還好！」男子摸摸女子的頭，男子穿著老派的格子西裝，也是八、九〇年代流行的款式。目測兩人年齡應該都超過七十歲了，或稍年輕或更老，畢竟年齡到了某個階段之後，光從外表很難判斷。

他們都穿著年輕時候認為最體面的約會裝扮，我無法解讀那是怎樣的一段舊愛重逢，或根本是夫妻，也覺得妄自猜測或下定論，非常不妥。

又一天在公車上，看到前座一男一女，都已白髮，但男人親了女人，嘴對嘴的那種，啾一聲，很響亮。男人得意地說：「怎麼樣，大家都在看我們！」但好像只有我注意到。

一個禮拜之間，頻繁看到這些一時之間也不曉得是什麼感情狀態的熟年情侶，跟年輕人在公共場合毫不避諱的放閃比較起來，也算是毫無顧忌地放出愛的電波。「總算來到這個時代了啊」，那時我內心浮現類似從電視螢幕下方滑出來的字幕跑馬燈。

我大概是從長輩的婚姻裡面看到他們即使早就發現彼此不合適，但也沒有勇氣做什麼改變，在一起雖然痛苦，但分開之後也沒把握過得更好，那就繼續維持關係，總之旁人看起來還是天作之合，可以白頭偕老，那就好。

那些決定結束婚姻關係的，有人因為子女的緣故，還是保持一種能夠互相商量事情的情誼，或各自都有了新的情人或新的婚姻關係，可以互相理解釋懷，我覺得那是大人情感很不一樣的境界。

這幾年日本很流行「卒婚」，以「分居」的外在格式，延續「婚姻」的法律關係。既然生養兒女的責任已經終了，夫妻兩人也沒有爭吵交惡，只是從婚姻之中畢業，兩人在現階段也沒有另外的愛情關係，也沒打算走到離婚的地步，總之，步入晚年之前，先回到一個人的自由模式。

大人的情感，應該是無法分類定義，沒有單一格式足以描述。年齡大了未必成熟，對於愛情的決定也不見得更有智慧，必須考慮的因素固然變多了，也會有跟年輕時候一樣欠考慮的莽撞。一旦用了道德或責任來檢視，或許沒有世間歌頌愛情的那種甜美，唯有走到那個年齡層，才知道每個人顧忌的或不想被拘束的，一旦卯起來，說不定就成為人生最後的放手一搏了。

如果對象是小泉今日子或中井貴一，好像可以來一場中年的戀愛，但是想到因此必須在中年過後已然成為脾氣與癖好的習慣之中妥協，人生變得有點擁擠，想想，就覺得算了。

也是單身專家的百合阿姨

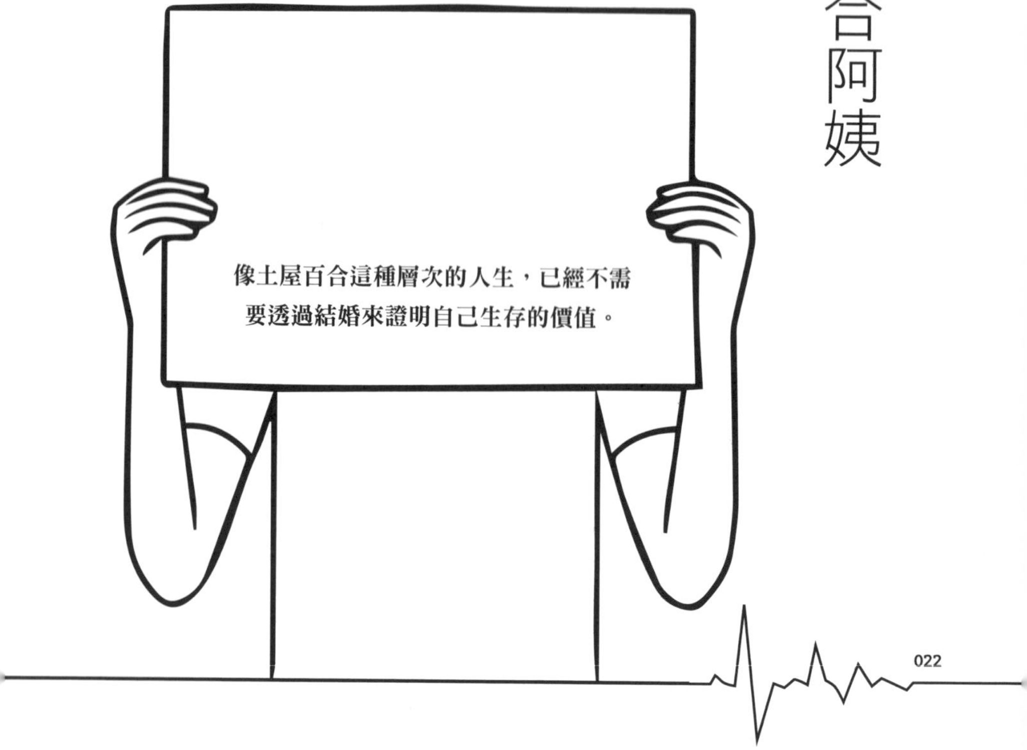
像土屋百合這種層次的人生，已經不需
要透過結婚來證明自己生存的價值。

二〇一七年冬季造成極大話題的日劇，當推TBS電視台的《逃避雖可恥但有用》[1]，日本火曜日亦即週二晚間播完，翌日網路字幕組就會趕工上線，台灣有線頻道則是週六就送上DH高畫質，追劇的「日飯」如果夠勤勞，或許單週就有數個小時不斷重刷的機會，入戲之外，還要想辦法學會片尾的戀舞怎麼跳。

台譯劇名《月薪嬌妻》雖有可愛的用意，但這齣改編自漫畫的日劇，可不只端出「女主角新垣結衣清純可愛，男主角星野源乾淨兼具宅性」的愛情粉紅泡泡而已，就算那些幻想的內心戲看似詼諧，也都把現實人生和愛情婚姻的殘酷面拿出來鞭到流血見骨。尤其倒數第二集，高級餐館的求婚片段，男主角津崎平匡先生拿出三張演算後的報表，展現系統分析師的本色，希望以數據取代來不及準備的戒指，達到美栗小姐允諾入籍的目的，沒想到遭遇美栗小姐以「愛情的榨取」猛烈回擊，「逃避雖可恥但有用」的後勁終於炸裂。

津崎平匡先生的「專業單身漢」角色設定其實很成功，所謂單身者應該避開沒有把握的犯錯機會，比起冒險談愛遭受挫折，力求安穩才是王道。但日劇跟現實生活還是有差距，如果不是星野源這種具備「清潔感」的單眼皮男人形象，恐怕這位剛剛過了三十六歲生日又遭到裁員的高科技宅男應該很惹人厭，拿數據報表出來求婚，太臭美了。同樣的，森山美栗若不是新垣結衣這樣的大眼美女，那又另當別論。兩人之間或許不會有愛情，可以持續家事代行的雇傭關係，也不會有週二限定的擁抱，合約無須修正，系統沒必要重整。

但是沒辦法，以貌取人的結果就是看戲的人特別容易誤入圈套。

相較於平匡先生與美栗小姐因為互有愛意而進入「系統重整」的階段，土屋百合阿姨的單身專業度顯然更迷人。當然，演員「石田百合子」既有的形象也有加分效果，如果不是身材長相都超乎真實年齡四十七歲的夢幻層次，阿姨還可以被小十七歲的帥男糾纏，那真是熟女的大逆襲。何況石田百合子還超齡兩歲演出四十九歲的土屋百合，工作表現也好，個性魅力也好，百合阿姨不管是跟胃潰瘍的沼田先生在小酒館談職場辛酸，或是被鬍子帥男風見先生充滿愛意的眼眸凝視，都能保有專業單身者的冷靜，那真是觀看這齣日劇最令人賞心悅目的紅利。

劇中的百合阿姨不諱言她已經過了想要結婚的年紀，因為已經有可愛的外甥女美栗，「很享受擁有小孩的甜美部分」，所以不准美栗喊她阿姨（日文：おばさん）而是直呼名字「ゆりちゃん（百合）」。美栗的父母跟哥哥那種接近「中二」的性格或許忠於原著漫畫設定，土屋百合算是美栗家族之中相對正常的「長輩」了。雖然在職場偶爾也會被男性同事以「年紀」或「未婚」的成見進行背後言語攻擊，後輩也曾因為她的率直和單身狀態而有過類似職場騷擾的惡意投訴，不過百合阿姨的堅強韌性與自我調適能力，應該跟多數職場單身女性的處境一樣，因為單身所以被要求加班或出差，因為單身所以要忍受一些冷嘲熱諷，所以她才會感嘆，像她這種年齡又單身的女性，如果可以給年輕女孩某種奮鬥的憧憬，「原來那人過得不錯啊」，那就要想辦法讓自己帥氣活得更好。就算這麼逞強，忍不住潸然淚下的瞬間，被那個小十七歲的風見先生以最輕微程度的「壁咚」之後，還是立刻擦乾眼淚，恢復冷靜，那才是專業單身者該有的快速系統重建功力。

百合阿姨討人喜歡之處，應該是完美融合了些微天然呆卻又不失體恤的寬容，恰到好處的發點脾氣或對年輕人撒嬌卻不至於惹人厭，譬如知道風見先生小自己十七歲，根本是外甥與阿姨的年齡差，但對方要是有膽喊阿姨，「小心殺了你」（眼神超銳利還用力推一把）。好吧，以演員身分接受ＴＢＳ安住主播專訪的石田百合子被讚美漂亮時，也很用力搥了主播一拳。

可是土屋百合在倒數第二集的劇情中，明顯感覺風見的愛意之後，果然是見識過人生起落的前輩，能夠笑著邀請對方，「有空可以來我家啊，會以面對乖巧外甥的方式招待喝好酒」「但我想進一步擁抱ゆりちゃん（百合）」「幹嘛吃阿姨豆腐啦！」……努力鎮定走出門之後，百合阿姨用力憋氣再努力吐氣的模樣，真是專業單身者謹慎保護現有的自由，不走入掙扎的愛情關係所進行的系統維護作戰模式大噴發。

已經接近五十歲了，該考慮的或許是父母的照護和自己的健康，那些當年交往過卻沒有結果的對象，可能都已經離婚或有小孩了，再回頭來邀約一些「健康的白天約會」，光是想像都覺得麻煩死了。像土屋百合這種層次的人生，已經不需要透過結婚來證明自己生存的價值，也不習慣有陌生人在家裡出現，對於兩人關係的接受度會越來越薄弱，與其考慮走入婚姻和家庭，百合阿姨更介意的應該是愜意且安排妥善的日常生活，不至於太麻煩也不要麻煩到別人的人生下半場吧！

偶爾有心動的時候就當成服用健康食品，先講求不傷身，再追求療效。已經沒有年輕時候那種橫衝直撞為愛付出的力氣，也欠缺嫉妒和爭吵之後可以隨時復原的耐性。如果出現像劇中風見先生那樣可以讓自己短暫心跳加速的對象，頂多當成談心的密友，雖然有了少許被欣賞被愛慕應該還算有魅力的短暫幸福感，一旦想到對方過了四十或五十歲的時候，說不定有可能劈腿愛上年輕二十歲的妹妹，年紀大了還要處理伴侶的緋聞，光是想像都覺得費力。反正自己築起來的城堡也還算穩固安全，那就繼續專業的單身模式，好像沒有關係。

對什麼討厭的事情或討厭的人，頂多把頭埋在抱枕裡，大罵「這傢伙真是混蛋」，氣消了，仍然要面對現實把事情處理好。一個人可以去吃美食，一個人可以去旅行，這大概是百合阿姨作為專業單身者最安心的生活模式吧！

不過，人生歸人生，戲劇歸戲劇，真實世界如百合阿姨那樣的熟年單身女性，會不會跟日劇裡的土屋百合做出同樣的選擇？甚至，有沒有機會遇到小十七歲的風見先生讓她對單身的甜蜜與自由產生動搖？那就難說了。

1（逃げるは恥だが役に立つ）台譯《月薪嬌妻》，為漫畫家海野綱彌原作。

風見與百合就永遠幸福了嗎？

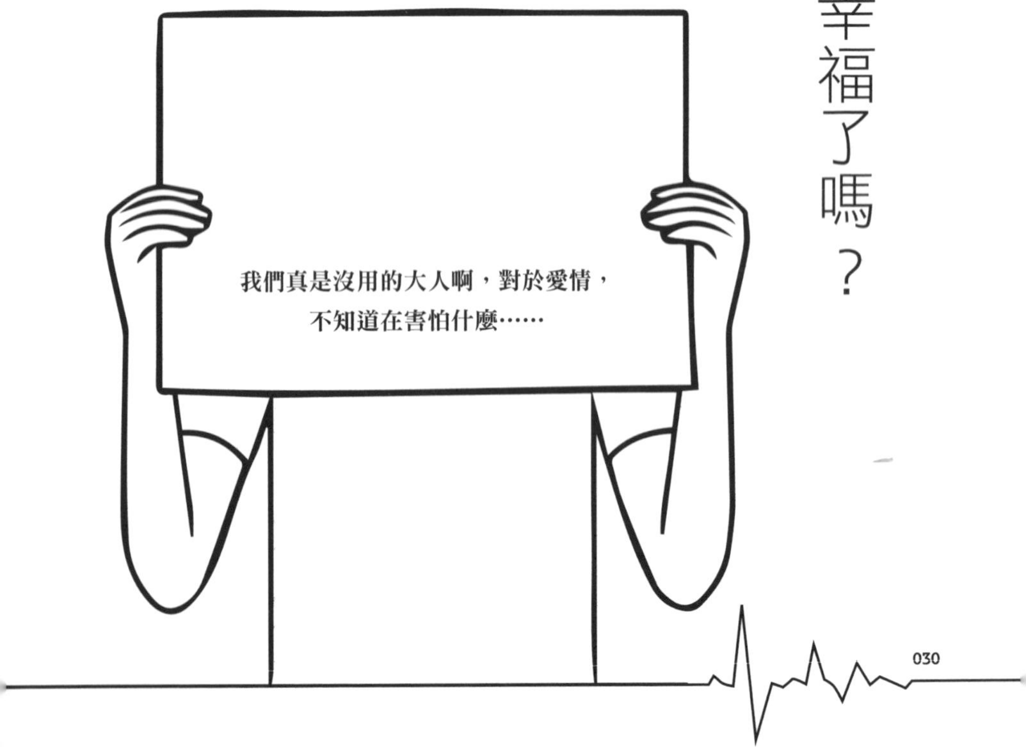
我們真是沒用的大人啊，對於愛情，
不知道在害怕什麼……

看完《逃避雖可恥但有用》最終回，看似每個相愛的人都找到合適的伴侶，平匡和美栗以「共同經營責任者」的CEO關係取代家事代行的勞動契約關係，也不侷限於週二才能擁抱，開放式的結局當然留下續篇的長尾，倒是風見與百合這對十七歲年齡差的戀人關係，讓我有點擔心。

王子公主從此過著幸福快樂生活的粉紅色氣球大概只飄起來幾秒鐘，還未到結尾開始跳戀舞的片段，我就已經幫風見與百合的人生下半場煩惱了起來。

先來談談土屋百合好了。四十九歲，剛升職為該公司在東京首都圈第一位女性部長，住在橫濱高級大樓，在公司有貼心的兩個年輕部下，家人關係之中有位可愛的外甥女，煩心的時候可以去小酒館喝酒，相較於同齡女性，百合不管是個性還是外貌，都還維持不錯的魅力。可是例行健康檢查已經發現骨質疏鬆狀況，疲勞的恢復很慢，女性賀爾蒙正在減少中。她跟風見說：「你出生的時候，我已經十七歲了，等你進入四十歲時，我差不多要六十歲還曆了，無論怎樣，我大你十七歲是不會改變的事實。」

至於風見涼太，過於帥氣的外表難免給人「浮氣花心」的第一印象，但內心卻躲著不易討好的固執老靈魂，對於主動來示好的女性覺得厭煩，也不願意被固定的關係束縛。像美栗這樣對帥哥不太有興趣的女生，他也曾經不隱瞞其喜歡的意圖，當然，百合的自由與堅強更是擊中他對愛情憧憬的甜蜜點。因為是戲分較少的配角，可以讀取的背景資料大概就這樣子，但我總覺得，風見在體質上屬於不易討好的人，除非他自己喜歡，否則別人越是勉強，他越是臭臉，甚至感覺起來有點裝模作樣，譬如像百合這樣人生閱歷豐富的熟齡女性，一開始也覺得風見這年輕人「到底在老成個什麼鬼啊！」但說真的，光是從短集數的戲劇長度要理解這個男人陰沉的內裡，確實不容易，不過他在百合流露出脆弱當時恰好出現的體貼舉動，真的讓精鍊的四十九歲熟女感覺到被理解與可以依偎的強度，但土屋百合可以立刻拭去眼淚，恢復冷靜，最大限度就是讓風見送到住家樓下，而不是從半套的壁咚關係立刻轉移陣地到床鋪，百合的單身專業功力跟怕麻煩的本性，展露無遺。

從百合拿健康檢查表跟年齡差的理由與風見攤牌就可以看出來，她希望兩人可以維持在小酒館談心的普通朋友關係就好。雖然戀人關係或夫妻關係有世人歌頌的美好，但是朋友關係也有其相對放鬆的甜美之處，有些心事就只適合對朋友傾訴，把牢騷切割分散之後，好像在人生開了一個小窗口，那些無法說給家人或戀人或伴侶聽的煩惱就慢慢倒進去，那是很自私卻也容易被好友體諒的率性行為。譬如百合可以對著小酒館老闆「山先生」說了不下十遍關於升遷的事情（雖然微醺的百合說只有五次），百合也可以對只愛男人的沼田先生坦承：「我們真是沒用的大人啊，對於愛情，不知道在害怕什麼……」

雖然遭到年齡不到自己一半的年輕情敵當面攻擊，「快五十歲的女人還勾引年輕人談戀愛，不覺得空虛嗎？」百合以超乎水準的臨場反應投出超過時速一百六十公里的快速直球回擊：「今天妳所不屑或鄙視的種種，都會在未來等著妳。」這段對手戲讓「擁合派」的觀眾大聲叫好，可是現實生活裡，我們不也經常對年長單身如百合這樣的女子，發出類似的言語或態度攻擊嗎？正如戲裡的百合自己說的，「成為首都圈第一位女性部長，未來被攻擊的機會一定不少。」不管是職場同儕或同業競爭對手或雙方親友，拿相同說詞來攻擊這對年齡差的戀人，恐怕也不會太客氣。

或許有人會說，愛情可以克服一切，但只要想像一下，如果你們那些三十歲出頭的兒子或兄弟或朋友愛上一位大他十七歲、將近五十歲的阿姨，你們還會說那是真愛而給予祝福嗎？也許更為惡毒的評語都出現了吧！（相對殘酷的是，如果五十歲的叔叔跟二十幾歲的妹妹組合，可能會被歌頌，說那是真愛無誤。）

因此看到最終回，舉辦晴空市集的神社旁，百合對風見說：「未來不知道如何，不過現在想忠於自己的感覺。」兩人相擁還親了額頭，可能很多觀眾的內心都放起跨年等級的煙火吧，想像百合跟風見走入婚姻，從此過著幸福快樂的生活。

雖然那畫面也曾經短暫出現在我的腦海，不過幾秒過後，撥開煙霧，回到那之前，百合跟沼田坐在長椅上的那段對話，「一路以來腳踏實地，已經不太可能接受剎那發生的愛情了。」「與其對年齡自卑地交往下去，還不如當朋友。」沒想到，沼田跟百合各自對同性戀與異性戀對象的猶豫，意外地激勵了彼此，決定發手機簡訊向對方示愛，「如果下場很慘烈，被打到粉身碎骨，記得要幫我撿骨頭喔！」「好啦，我一定會，那我的骨頭也麻煩妳了。」不知為何，我對這樣的對話真是感動莫名啊，正所謂沒有愛情「雜質」亂入的友誼最高表現，毫無嫉妒或曖昧的扭捏，這或許是風見與百合轉檔成為戀人關係之後所無法複製的吧！畢竟對於百合的人生現況來說，放棄那種「朋友互倒垃圾心事」的快樂關係，因而被剝奪甚至失去的自由快意，恐怕會讓她猶豫著是否走入愛情或婚姻關係，畢竟那代表著某部分的失去，或許會讓自己過得不是那麼隨興。

除非，風見跟百合都夠強大，強大到足以抵擋那些來自旁人的毒舌攻擊，強大到有辦法建構適合兩人也適合自己的愛情關係，他們可能還是要維持各自居住的現狀，各自付錢找家事代行來打掃各自的公寓，各自回各自的故鄉老家過年，不必勉強對方出席家族聚會。往後要是誰不愛誰了，也都有足夠的氣度好好說再見，不會拿刀互砍或把誰推下樓。遇到旁人冷嘲熱諷，要有足夠的氣勢回擊「干你屁事」，否則未來光是抵擋那些閒言閒語，就夠累了。

比起森山美栗和津崎平匡以「共同經營責任者」架構的婚姻關係，土屋百合跟風見涼太說不定也能以「企業派遣」的概念成為伴侶關係。總之，以短暫一季的觀眾身分參與這兩人的忘齡之交，多少還是做了幾集的美夢，那就期待百合跟風見活得開心就好，不必勉強白頭偕老永浴愛河，那樣太辛苦了。

《月薪嬌妻》人物關係圖

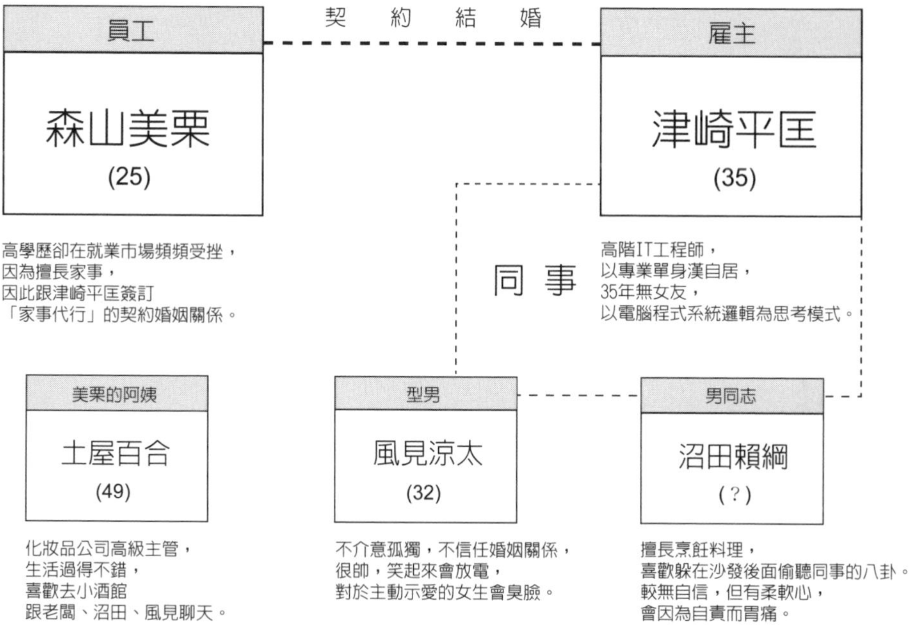
契約結婚
員工
森山美栗
(25)
高學歷卻在就業市場頻頻受挫，
因為擅長家事，
因此跟津崎平匡簽訂
「家事代行」的契約婚姻關係。
雇主
津崎平匡
(35)
高階IT工程師，
以專業單身漢自居，
35年無女友，
以電腦程式系統邏輯為思考模式。
同事
美栗的阿姨
土屋百合
(49)
化妝品公司高級主管，
生活過得不錯，
喜歡去小酒館
跟老闆、沼田、風見聊天。
型男
風見涼太
(32)
不介意孤獨，不信任婚姻關係，
很帥，笑起來會放電，
對於主動示愛的女生會臭臉。
男同志
沼田賴綱
(?)
擅長烹飪料理，
喜歡躲在沙發後面偷聽同事的八卦。
較無自信，但有柔軟心，
會因為自責而胃痛。

月薪嬌妻可兼得嗎？

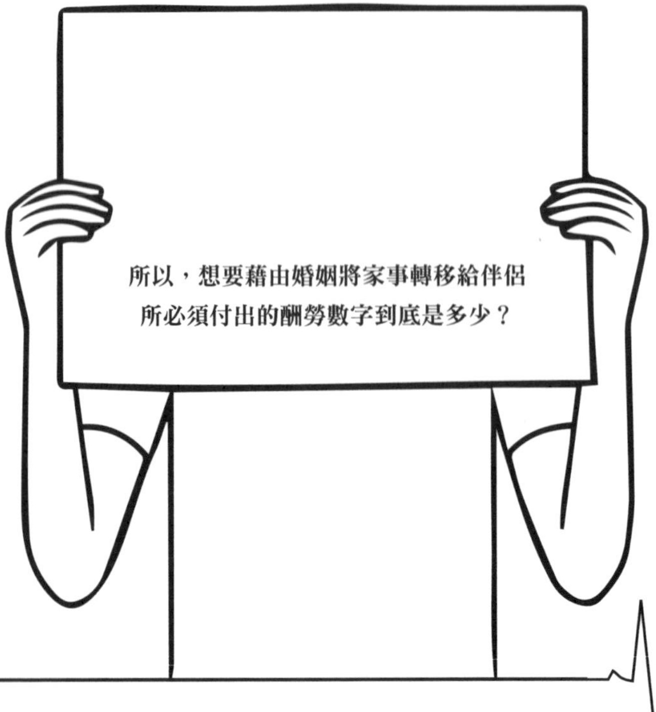
所以，想要藉由婚姻將家事轉移給伴侶
所必須付出的酬勞數字到底是多少？

日劇《逃避雖可恥但有用》改編自「海野綱彌」的漫畫作品，描述一位大學主修心理學，研究所主修臨床心理學，畢業之後卻求職不順的二十五歲女子「森山美栗」，即使有機會成為契約派遣工，也只能在職場處理一些事務性工作，還遭到不續約的打擊。因為擅長做家事，在父親的介紹下，到一位在ＩＴ產業上班的三十五歲男子「津崎平匡」家裡協助打掃與料理三餐，類似家事管理員的打工，正式名稱為「家事代行」。

在台灣播出的劇名為《月薪嬌妻》，比起原劇名背後所探討的——關於現代男女在學歷、工作、家庭、愛情的某種逃避雖可恥但有用的心態，月薪嬌妻的命名感覺起來比較像是少女漫畫或偶像劇劇目。巧合的是，原著漫畫其實也在二〇一五年講談社漫畫賞的少女漫畫類得獎，角色與主題設定雖有少女夢幻般的風格（譬如女主角常常幻想自己是日本電視節目《徹子の部屋》或《情熱大陸》》的主題人物），但實際探討的「契約結婚」與「家事代行」現象，還真是充滿「大人味」，是非常殘酷的現實問題。

娶老婆等於找到免費的家事代行嗎？或月薪嬌妻的模式可行嗎？

曾經聽過一位男性友人形容他對婚姻的憧憬，就是下班回家之後，換下來的衣服襪子就算亂丟，也有人跟在後面收拾。當然，他後來果真找到那樣的老婆，幫忙洗衣煮飯打掃，最後還負責帶小孩，如他所願。

多數人都是以這種預期心態走入家庭，關於家事，也多數由女方來承擔。不只是丈夫，連後來出現的家庭成員也就是兒子或女兒，也都習慣將家事丟給母親。用過的杯盤碗筷就堆在水槽裡，看過的雜誌報紙亂丟，換洗的衣服未必放進洗衣籃，找不到內褲的時候，就抱怨晾在陽台的衣服怎麼沒有人收拾。

當然部分家庭也有可能男女主人的角色互換，或是可以建立家事均分的共識，而且真的貫徹實行。不過大多數台灣家庭，即使母親抱怨父親從來不幫忙做家事，但是對於自己小孩的教養，卻還是要求女兒要從小學習煮飯洗衣拖地，對兒子卻相對寬鬆，等到媳婦抱怨兒子的時候，婆婆就說，這家男人就是這樣，沒辦法。

在我母親的那個年代，女人結婚之後，多數都辭掉工作，成為專職家庭主婦，她們沒有薪水，卻稱自己的伴侶為「頭家」。小時候偶爾聽母親跟幾個鄰居嬸嬸抱怨各自的「頭家」，有時「頭家」還會簡化成「頭仔」。傳統家庭的男主人，幾乎都不碰家事，不知道如何燒開水，不懂得洗衣機如何操作，不曉得碗筷飯勺放在哪裡，坐下來就是要吃飯，吃完飯，碗筷一放，就去看電視。

所以，我母親那一代的許多女人，既要當嬌妻還要做家事，就算在廚房蓬頭垢面，陪丈夫出門還是會盛裝打扮，正所謂，進得了廚房，出得了廳堂。

家庭主婦在家庭成員之間的存在感其實很低，譬如多數人認為，爸爸出外賺錢很辛苦，小孩每天讀書很可憐，而媽媽都在家，比較好命。以前我總以為母親在家或許很閒，只是早上買菜洗衣，準備三餐，中午還能睡個午覺，一個禮拜拖一次地，還有時間去洗頭修指甲做臉，應該頗愜意。最近有機會回家處理父母的日常家事，才發現早已習慣一個人生活的自己，突然要放大三倍的家事負擔，還真是吃力。尤其煮食的採買備料特別頭痛，有時候煮了適切的分量與菜色，遇到家人不捧場的時候，自己要連續吃好幾餐剩菜，這跟一個人煮飯一個人擔當的狀況大為不同。

但我終於可以理解，過去母親一整日清理家人丟在廚房水槽的髒杯髒碗根本是長年的家事陰影。合家人胃口的菜色，自己可能一口都吃不到，不合胃口的那幾樣，就只能打入剩菜冷宮，一熱再熱，自己想辦法解決。

所以，想要藉由婚姻將家事轉移給伴侶所必須付出的酬勞數字到底是多少？因為有愛情親情撐腰，估算起來難免有難度，何況一些強調家庭價值的組織團體，一定會出來抨擊，認為這是犧牲奉獻的偉大之處，不應該以金錢計價。

好吧，如果像日劇那樣，美栗小姐因為擅長做家事，以此為工作內容跟津崎先生簽訂合約，為了避免旁人側目，偽裝成「契約夫妻」，但實際的契約內容還提到各自有想要發展戀人關係的時候該如何處置。因為額外有做牙齒的經費需求，美栗小姐又接了津崎先生一位同事的一週兩日家事代行，如果在真實婚姻關係裡，這樣大概不行吧，但因為是工作契約，所以津崎先生說，要不要外接案子，全看美栗小姐的「自由意識」。

這當中微妙之處在於，類似美栗小姐這樣的家事服務，就算「業主」津崎先生把換洗衣物亂丟、吃過飯不洗碗、用過的衛生紙與牙籤處處可見，畢竟是契約簽訂的工作內容，而且有酬勞可賺，所以美栗小姐應該不會抱怨，但是換成「嬌妻」的身分，那可就火大了，因此離家出走也不無可能。

不過，劇情發展來到以「家事代行」為實質主要內容，「契約結婚」作為外在表現的兩人關係，另外加了一條「星期二限定」的戀人互動。原因是美栗小姐想要談戀愛，而戀愛對象設定為津崎先生，他們從練習擁抱開始，擁抱只有一週一次，不會太頻繁，剛剛好。因為偶爾也想在沮喪的時候有人可以倚靠一下，開心的時候可以被拍拍頭，美栗小姐說，她喜歡戀愛關係之中相對「美味」的部分。

很好，強調家庭價值的團體組織，說不定對於這樣的美栗小姐很不以為然，太自私了。可是對那些在婚姻關係之中，因為家事而身心俱疲的一方，會不會在內心吶喊著，老娘也只想要婚姻關係之中相對美味的部分，或是老子只想找個家事代行而已啊！

一個人處理一人份的家事，大抵是比較好控制的，譬如，碗盤丟在水槽，看過的雜誌亂丟，最後還是要自己收拾，只是時間早晚的問題而已。至於那些晾在陽台的衣服並不會自己開門走進來，自己找到合適的抽屜位置塞進去，全都要自己去執行，不過要每天洗衣或是一週洗一次，全看自己的「自由意識」。煮東西就煮自己喜愛的口味跟合適的分量，不想煮的時候，外食也不必顧慮其他人的口味選擇。就算不愛打掃不愛收拾，髒也是髒自己，別人嘮叨不得，也不必嘮叨別人。

可是變成家人關係之後，誰該做，什麼時間該做，沒有做會不會被碎唸，這都是最初那場美麗的婚宴跟那組浪漫的婚紗照之外，需要一輩子磨合（或互相折磨）的功課。

往後的愛情婚姻發展趨勢，像津崎先生這樣的「專業單身漢」可能越來越多，或像「森山美栗」這樣擁有高學歷卻求職不順，只能以擅長的家事能力謀生的計時打工族，說不定也會成為職業的主流選項。所謂家庭或婚姻關係裡面，那種因為愛所以必然要犧牲或忍耐的「美德」，會不會受到挑戰？這或許不是少女漫畫的主題，而是非常「大人」的難題。

1 《徹子的房間》（徹子の部屋）是日本朝日電視台的談話性專訪長壽節目，主持人為黑柳徹子；《情熱大陸》是日本TBS電視製作的人物深度紀錄片節目。

五十五歲之後重新說Hello

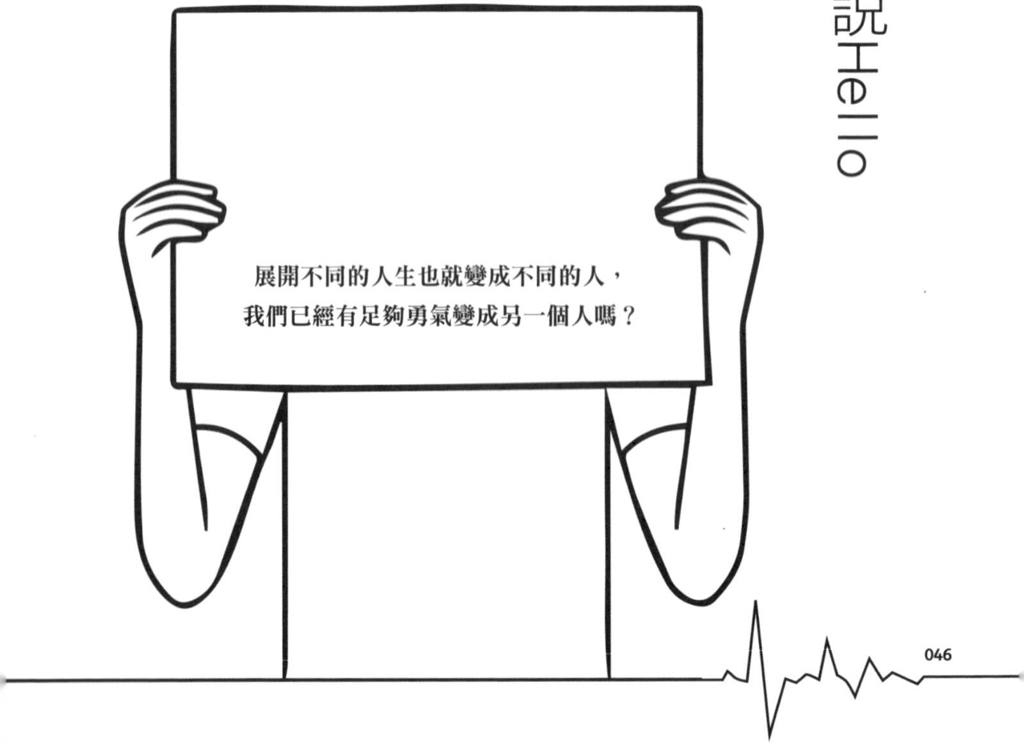
展開不同的人生也就變成不同的人，
我們已經有足夠勇氣變成另一個人嗎？

「人生中最可怕的是，抱著後悔而活，並非孤獨。我們一旦展開另一種人生，就會變成另一個人……那麼你有沒有勇氣變成另一個人？」——村上龍．《55歲開始的Hello Life》

最早閱讀村上龍的小說，應該是《跑啊高橋》，雖然每個篇章都出現日職央聯廣島鯉魚隊快腿名將「高橋慶彥」的名字，但是高橋選手並非主角，卻又是主角身後非常重要的背景。我對廣島鯉魚隊的最初印象也是來自這本小說，前幾年則是因為黑田博樹的男子漢回歸，重新又開始注目這個九州職業球團。不過，後來高橋慶彥到羅德隊擔任跑壘教練時，每次看到球賽轉播，還是會忍不住大叫幾聲，「跑啊，高橋」，但教練已經不怎麼跑了，只負責揮動手臂，替那些在壘包與壘包之間疾奔的選手下達催速或煞車的指令而已。

後來陸續讀了《69》《共生虫》《希望之國》，也就開始迷戀村上龍小說那充滿青春衝撞的力道與速度感，讀過小說，總要花點時間沉澱，才有辦法讓體內被燃起的熱血冷卻下來，否則很難回到日常作息。但村上龍的寫作技巧與投射在小說脊髓深處的觀點主張，會讓我打從心底佩服，「哇，真是個厲害的角色！」

關於日本文壇兩位村上先生，如果村上春樹是坐在爵士酒館慢慢喝著威士忌，那麼，村上龍就像在居酒屋豪飲生啤酒，外加兩串鹽烤豬舌，連小菜毛豆都嚼得津津有味那樣的感覺。

可我錯過了村上龍的代表作《接近無限透明的藍》，也很想讀《寄物櫃的嬰孩》，回頭讀取作家經典之作，是為了減少錯過的遺憾，沒想到懷抱類似這樣的閱讀遺憾時，卻先讀了《55歲開始的Hello Life》，哦，向來下筆不留情的村上龍先生，已經將青春旗手的視野投注到熟年族群了嗎？他還寫了《老人恐怖分子》[1]呢！

近來閱讀的小說之中，井上荒野的《獻給炒高麗菜》是很溫暖坦率的熟年故事，早年讀過弘兼憲史的漫畫《黃昏流星群》[2]則是因為閱讀當時還只是二十代，許多熟年心境沒辦法同理，就當作閱讀「長輩」的故事。不像近幾年，從這類熟年角色裡，看到人生與歲月的殘酷，摻雜著生命境遇壓榨出來的酸甜汁液，也就提前預習了老後種種，已經不再年輕了，有些事情還是提前預習一下比較好。

村上龍曾經在二〇〇三年出版《13歲的Hello Work》[3]，針對十三歲少年，介紹了五百一十四種職業，二〇一〇年進一步新增八十九種行業，發行了《新13歲的Hello Work》。Hello Work隸屬日本厚生勞動省轄下機構，負責就職支援與雇用促進的媒介事務，可是過了五十五歲，照理是傳統退休的最初門檻，似乎不是Hello Work服務對象的目標族群，可是五十五歲開始的熟齡人口，而今已經不是安然等待年金人生那般愜意了，如果還要到地方區役所申請就業媒介服務，可以選擇的機會大概只剩下包裝、打掃、保全這類工作，人生的另一個轉彎在剎那間近逼而來，非得要跟人生下半場Say Hello不可。然而，展開不同的人生也就變成不同的人，我們已經有足夠勇氣變成另一個人嗎？

步入中老年，可能變得更固執，變得不願妥協，對一些習以為常的事情可能麻痺，也有可能忍無可忍，小說的五個短篇提出五個熟年面臨的難題：

妻子決定跟退休後的老公離婚，卻也開始加入婚姻媒介組織，找尋可以一起終老的再婚對象；

二度就業在建築工地當交通指揮派遣工的男子，十分畏懼成為遊民，卻在打工的場所遇見成為遊民的昔日同班同學；

計畫在退休之後買高檔露營車跟妻子四處旅行的男人，顧慮到現階段仍然要撫養高齡父母還要替孩子籌措結婚與購屋基金，也只好向現實妥協，到Hello Work就業輔導組織找尋正職工作時，卻遭遇一場震撼教育；

與丈夫逐漸疏離的太太，開始寄情於養狗，結識了公園遛狗的異性同好，也面臨寵物離世的孤寂；

曾經是長途大卡車司機的男人，到了中年卻面臨失婚獨居，又失去長程跑車的體力和優勢，卻在二手書店邂逅娟秀氣質中年女子……

相較於書寫青春那種潑灑豔麗色澤的狠勁，村上龍在這五個短篇故事中，即使對五十五歲之後的殘酷現狀沒有閃躲，卻出乎意外地藏著體貼與同理的溫度，但是對讀者來說，仍舊脱離不了閱讀幾個段落就要闔上書本、大口呼吸幾分鐘的喘息模式，那些中年過後的心境與際遇，真是讓人倍感沉重。

比起青春時期的衝撞，中年過後，看似智慧，卻見膽小，如果還有力氣衝撞，不曉得該慶幸還是懊惱？

五十五歲，到底是人生下半場的起點？還是已經來到遲暮的人生收尾階段？誰也料不準。好像可以重新開始另一階段的奮鬥，但也有什麼力氣都使不上的挫折感。譬如這小説故事裡的前卡車司機，畢竟曾有過拉風的長途貨車經驗，「覺得自己在美好的時代工作，在對的時間點離開了職場，卻對未來毫無指望」，或許是擺脱不了過去活在經濟高度成長期的習性，自以為凡事船到橋頭自然直，也就逃避去思考未來的事情，總覺得有辦法填飽肚子，應該不會餓死才對，但是存款幾乎等於零，年金也沒多少，體力又變得很差，「若要找宅配承攬公司的計時打工，倒也不是沒有工作，問題倒不是三餐，而是這種無法排遣的孤獨感……」

中年過後，所謂職場與人生的適用規則，似乎進入下一個操作版本，許多過去自以為的優勢大概都要重新定義，包括工作，包括家庭關係，以及夫妻相處的忍耐度。對過去的懊悔，還有對未來的恐懼，都要適用新公式來估算。就算曾經走入婚姻，擁有家人關係，最後也有不小的機率又重新成為獨居者。所謂愛情婚姻和人生定義的既有思維，又一次經歷崩解與重組。

維持現狀也好，突破現狀也行，這五個故事最終都有妥善的人生安排，不見得幸福，但總是勇敢開口說了哈囉，也算是提前預習的勇氣腳本吧！也許我閱讀村上龍的小說還不夠寬廣透澈，但覺得村上先生這次溫柔多了，讓人好感激呢！

1 村上龍作品：《跑啊，高橋》《69》《共生虫》《希望之國》《接近無限透明的藍》《寄物櫃的嬰孩》《老人恐怖份子》《55歲開始的Hello Life》，台譯本皆為大田出版。

2 弘兼憲史著，故事描寫黃昏之戀。以「黃昏流星群」稱呼之於生命埋藏滿懷熱情，卻又焦慮於自身狀態的中年人。

3 《13歲的HELLO WORK》（13歳のハローワーク），中文譯做：《工作大未來》目前只有簡體字版本。《新13歲的HELLO WORK》，台譯本為《新工作大未來》（新13歳のハローワーク）

大人情感的AB面

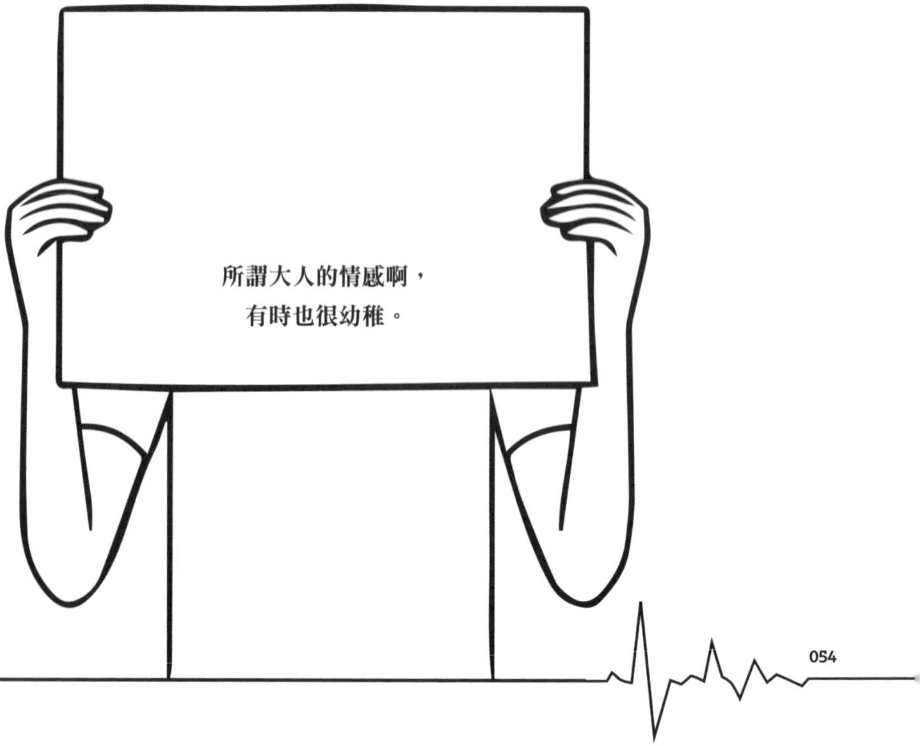

閱讀「白石一文」直木賞得獎小說《不可或缺的人[1]》的同時，恰好每晚觀看日劇《最高的離婚[2]》，兩邊的故事情境與主角人物形成小小糾結的交叉對比，小說的字裡行間，總會發現日劇男女主角也恰好探出頭來，而戲劇拍攝地點所在的目黑川那條種滿櫻花的步道，變成閱讀背後的景色。但白石一文設定的場景明明就不在中目黑，總之，就在戲劇和小說互相干擾的節奏中，讀完白石一文的小說。

過去也有類似這樣的閱讀與戲劇互相干擾或巧合雷同的經驗，但無妨，反而有種逮到線索的小得意。

終於得到直木賞肯定，卻不是白石一文擅長的長篇，而是集結兩個中篇的組合，分別是〈給獨一無二的人〉和〈給無可取代的人〉。我自己覺得白石一文在這兩個篇章下筆的力道不若過去幾個長篇那麼殘忍，略微抽離，維持故事主角頭頂約莫八十公分的距離，以俯瞰的角度，目視婚姻關係之中和即將走入婚姻的男女愛情，不單純是一男一女，還包括一男一女外圍的前男友前女友、同事、以及家人都擠進來，空間因此變得擁擠。主角以為自己已經體恤了某些人，卻什麼體恤也看不到回報，那種情感無法爽快割捨的羈絆，和勉強為了維持旁人定義的美滿婚姻因而搞得自己也無所適從的荒誕或麻木，變成貫穿兩個不相干故事的主旋律，這是白石一文擅長爬梳的關係，算是決勝武器。

我覺得白石一文是書寫大人情感的高手，上了年紀的愛情，如果還帶有點冒險跟悽慘的下場，那真是讓讀者充滿戰鬥力。這樣說，好像有點殘忍。

而日劇《最高的離婚》以相當明快的節奏不斷翻閱兩組男女的婚姻愛情觀，編劇「坂元裕二」的筆觸更為犀利卻有辛辣之餘的小甜意，許多從主角人物嘴裡說出來的尖酸對白看似毫不留情，卻也給了明確答案，譬如前女友對前男友脫口而出：「你怎麼不去死一死……」那力道真是嚇人啊！可是編劇坂元裕二就是有辦法出此重手，雖沒有甩出耳光，但想像那啪啪兩聲，也夠痛。

不免突發奇想，倘若日劇的兩對男女主角演員，瑛太、尾野真千子、真木陽子、綾野剛，也恰好是白石一文這部小說改編的戲劇主角，似乎也可無縫接軌，毫無違和感。

「我覺得每個人一生都該結一次婚試試，但是，能不能天長地久就因人而異吧……」小説這麼説。

「判斷力不好的人才會結婚，容忍力不好的人才會離婚，記憶力不好的人才會再婚……」日劇這麼説。

「這個世界的大部分問題或許不在於什麼是必要，什麼是不必要，純粹只是組合與分配的錯誤造成的。需要這個的人偏得到那個，需要那個的人偏得到這個，需要這個的偏偏拿另一個，所以這世界才會永遠紛擾不均吧……」小説主角「宇津木明生」這麼説。

「喜歡的人卻在生活步調上沒辦法契合，生活步調契合的人卻又談不上喜歡，我從來都不認同你的行為舉止，卻還是喜歡著你，愛情與生活經常發生類似這樣的衝撞，該怎麼説呢，這或許是我在有生之年都無法治癒的病狀……」日劇主角「濱崎結夏」這麼説。

白石一文給予這兩個中篇故事的注解是，「看似失去卻獲得了」「眼看就要獲得卻失去了」，在婚姻或幸福的形式上，眼看抓到一個適合這個位置的人，卻在內心緊抓另一個不可或缺的人。在白石一文過往的小說書寫架構中，這種愛情與婚姻的不完美格式始終是常態，即使有剎那間的濃烈幸福，最終也會像沙子一樣，瞬間就從指縫中流瀉消失，白忙一場。

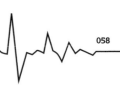

還好日劇《最高的離婚》在SP續篇埋下些許期待的伏筆，適時彌補了白石一文小說猛然撲上來的缺憾，但是現實人生或許不像編劇作家坂元裕二那般善意給予觀眾美好的期待，卻也不盡然像白石一文那樣留給讀者殘念的茫然。有時候想想，或許如同白石一文那般殘酷掀開B面裡層的手法才能讓人越來越堅強，畢竟A面肩負著讓人開心的使命，總是過於美好卻不牢靠，所以，白石一文的小說才不可或缺吧！

已經習慣了白石一文的書寫格調，倘若哪天他轉型寫愛情的幸福與甜蜜，給讀者一個圓滿的喜劇結局，我應該會覺得遭到白石一文的背叛，甚至懷疑這世間可能正在進行什麼不可告人的勾當呢！

但是話說回來，沒有經歷過黑膠唱片的世代，應該沒辦法理解A面與B面的意義吧！但我覺得，白石一文的小說描述的正是本格的大人味，坂元裕二的戲劇腳本其實也是，所謂大人的情感啊，有時也很幼稚。

1 台灣譯本由麥田出版。
2 台譯《離婚萬歲》，又名《最完美的離婚》，2013年的日劇。

食物裡的大人滋味

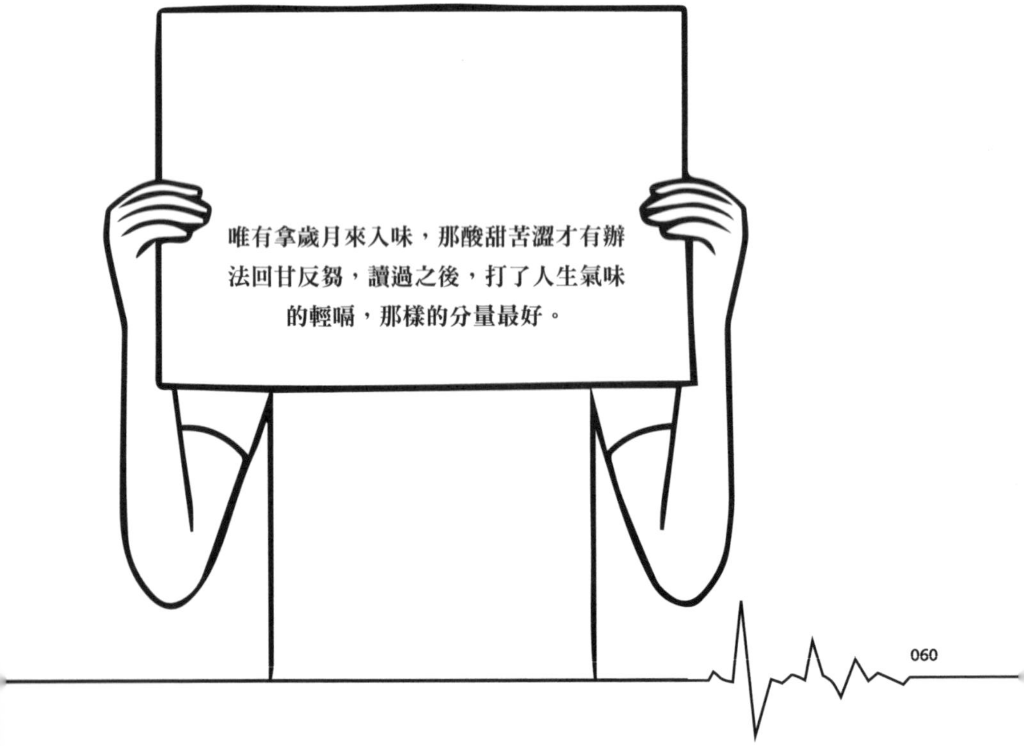
唯有拿歲月來入味，那酸甜苦澀才有辦
法回甘反芻，讀過之後，打了人生氣味
的輕嗝，那樣的分量最好。

十年之後，重讀「向田邦子」散文《父親的道歉信》。

寫劇本或寫小說，向田邦子有其疏理家人關係的溫潤功力；寫散文隨筆，則在文字之中俏皮回味了中年回首的坦然和氣度。尤其寫到一些吃食，可不是用詞藻堆疊滋味的表層，而是寫盡人情的內裡，唯有拿歲月來入味，那酸甜苦澀才有辦法回甘反芻，讀過之後，打了人生氣味的輕嗝，那樣的分量最好。

捨不得殺掉的龍蝦，還有魚的眼中滿是淚

深夜裡，朋友差人從伊豆專車送來一尾龍蝦，向田邦子心想，天亮之後，龍蝦就要被烹煮了，反正也活不久，不如從竹籠裡面放出來，賞牠一晚自由。隨即又想到，地毯難免沾到龍蝦爬行的黏液，何況屋內還養了三隻貓，只能將那個關了龍蝦的竹籠放在冰箱冷藏。於是整晚都感覺龍蝦在冰箱裡面蠢動的聲音，也就整夜做著恐怖惡夢。翌日醒來，立刻抱著還有呼吸的龍蝦跳上計程車，送給家裡有年輕氣盛大學生的朋友，當作禮物相送。

「玄關還殘留著龍蝦的氣味和濕黏的體液汙漬。點燃線香除臭，趴在地上清洗水泥地板時，我邊怪罪自己，連隻龍蝦都不敢處理，難怪在電視劇中也不敢安排殺人的情節。」

以前我也有過朋友送來一箱海釣鮮魚，塞滿冷凍庫，拿出其中一尾，放在廚房水槽解凍之後，魚身流出血水，眼睛好似泛淚，那瞬間，覺得拿著菜刀準備均分魚身的自己，猶如劊子手，也就猶豫了。最後將那冷凍庫滿滿的魚貨又裝進保麗龍箱子，送給住在附近愛吃魚的朋友。回想起來也是矯揉作態的慈悲，因為後來也繼續吃魚，彷彿什麼事情都沒發生一樣，真絕情。

向田邦子寫到童年跟隨母親或祖母去市場買魚，儘管心裡想著不要看，卻還是不經意跟魚的「視線」對上，「不管是什麼魚都沒有眼瞼跟睫毛，而是圓睜著黑色的眼珠子。新鮮的魚眼球透明如水，隨著時間經過會變成像鄰居中風的老爺爺一樣，眼睛混濁。想到燒煮之後，魚的眼睛會變白，我覺得不忍心，於是固執地要求大人買生魚片或是切開的魚肉塊。」

松尾芭蕉寫過一首俳句：「春去馬悲啼，游魚眼中滿含淚。」向田邦子說她對大師充滿抱歉，對含淚的魚眼太有感覺了，因此沒辦法好好欣賞這俳句的意境。

雖然我愛吃魚，但我看到魚眼滿滿的淚水，應該也沒辦法盡興煮來吃吧，那麻煩給我切好的魚片就行了。

葬禮的竹筴魚和就醫路上的鰻魚飯

向田邦子過了中年才找裁縫做了一套正式的黑色喪服，沒想到第一次穿上新衣喪服，卻是去參加如兄長般照顧她的工作前輩「津瀨」先生的喪禮。禪堂傳來朗讀祭文的聲音，向田邦子想起津瀨先生曾寫過的廣播劇腳本，描述一個男人因為太太不在家，必須自己幫女兒換尿布，雖說是自己的親生骨肉，但是身為父親還是感覺困惑，偏偏又找不到替換的乾淨尿布，「用襪子太小，用手帕也不夠大，拿桌巾來用則又太大了。」

津瀨先生是個笑聲爽朗，飲酒豪邁的人，因為這段腳本文字，讓向田邦子察覺他身為父親害羞又溫柔的一面。也因此在津瀨先生喪禮上，聞到寺廟傳來烤竹筴魚乾的氣味時，雖然和莊嚴肅穆的祭文朗誦聲不相稱，但是想到擅長描述突兀情境，又慣常以獨特笑聲接納一切的津瀨先生，對於喪禮飄散的竹筴魚氣味，應該不介意吧！

可能是讀過這段文字的印象就此寫進腦中，幾次在超市熟食攤位，看到剛烤好的整尾竹筴魚或是裹粉炸成黃金色澤的半尾竹筴魚片，會想起文章段落，但自己跟津瀨先生根本沒有交集，純粹是向田邦子描寫的那段人情太有意思了。

小學三年級的向田邦子生了一場肺部大病，在有山有海的醫院療養了很長一段時間，母親常會帶她到醫院旁邊的小店吃鰻魚飯。因為戰時的家裡經濟狀況不容許兩個人都點鰻魚飯，所以母親點了一人份的鰻魚飯，有時候加點烤魚肝，卻藉口自己不愛吃油膩的東西，把鰻魚飯跟烤魚肝都留給生病的向田邦子。

「我有種自己彷彿變成美人一樣的感覺，鰻魚固然美味，但是得了肺病卻更淒美悲涼。背著祖母和弟弟、妹妹們，一個人享用美食，雖然高興卻也感到內疚。」

我也喜歡鰻魚飯，尤其是極度飢餓時，點了一人份的鰻魚飯，深紅色四方形的餐盒蓋掀起來，白飯和琥珀醬汁色澤的鰻魚飄著香氣與熱氣，撒一些山椒粉，筷子從鰻魚表層往白飯的內裡一挖，等分恰好的一口分量，總能壓住空腹咕嚕咕嚕的叫聲。倘若去超市熟食攤位，也要帶回幾串烤鰻魚肝和魚腸，返家之後，用小烤箱微溫再烤過，配冰啤酒跟球賽，感覺是球隊中心打線的陣容，有默契的實力連發。

父親應酬帶回來的剩菜消夜

向田邦子的父親在保險公司工作，每次應酬宴客，深夜歸來，帶了晚宴時沒人動過的小菜與冷盤，都是相當豐盛的美饌，「連頭帶尾巴的鯛魚放在盤中央，周圍排列著魚板、甜糕、乾燒明蝦，甚至還有綠色的羊羹。」向田家的父親總是大聲喚醒熟睡的小孩，小孩穿著睡衣、身上披著鋪棉外褂，或肚子上面圍著毛線織的腹帶，排成一列，用筷子將食物挾進小碟子，因為是半夜被喚醒，難免邊吃邊打盹。

我也有類似的童年記憶，父親在紡織廠工作，常要招待台北的布行客戶，或款待日本來的機器廠商。那時台北南下一趟火車總要花上半天，客人都要在台南過一夜，最常投宿火車站對面的台南大飯店，晚餐就由工廠招待，多數是台灣菜或日本料理。

與父親生意往來的友人，好像都不喝酒，應酬也常常在九點以前就結束，我們總是等著父親返家帶回剩菜，吃飽之後，才甘心上床。雖是剩菜，但也都是客人沒碰過的佳餚，常常是完整的烤雞腿，連佐味的檸檬片都打包，也有色澤很漂亮的花壽司，甚至有阿霞飯店的紅蟳米糕和烏魚子外加雞卷，最常出現的就是大明蝦，不管是鹽水清燙還是乾烤都很好吃。

與向田家不同的是，我們家小孩吃著父親帶回的應酬剩菜時，並沒有睡眼惺忪，而是圍著圓桌，破例可以不必拿筷子，四個小孩，一堆手指在圓桌轉盤上面邊鬧邊搶，清完食物，再吮指把醬汁也舔乾淨，另種模式的深夜食堂。

遠足的海苔壽司卷兩端

向田邦子在街上遇到遠足的小學生，忍不住摸摸他們的書包，問孩子們，書包裡面帶了什麼好吃的？

「三明治和沙拉。」「巧克力、煎餅和口香糖。」「兩百塊錢以內的糖果點心。」而水壺裡面裝著果汁的人也幾乎占了多數。

向田邦子想起自己在戰爭時期的童年，小學生遠足的書包裡面裝的不是飯糰就是海苔壽司卷和白煮蛋，頂多再加上牛奶糖，水壺裡面不是溫開水就是粗茶，不過向田家遠足時帶的便當，卻是母親一早起床為全家做的海苔壽司卷。

「祖母用大得足以懷抱的陶瓷大盆烤海苔……母親則是在旁攤開竹簾，將前一天晚上事先煮好的絲瓜乾鋪在上面做成粗大的海苔壽司卷。儘管只是一個小孩要去遠足，還是得做全家七口要吃的分量，算起來也是一件大工程。」

壽司卷用竹簾裹起來，壓緊成形，用沾濕的刀子切片之後，因為兩端的配料與海苔比例要比米飯多，往往成為向田邦子這個長女和父親爭食的目標。也不只壽司卷兩端，蜂蜜蛋糕兩端，魚板、蛋卷兩端，手工豆腐的邊緣，火腿香腸的末端，吐司麵包的邊邊，煎餅邊緣多出來焦脆的部分……向田邦子都很愛。

不免回想自己小時候的遠足，書包裡面到底裝了什麼？向田邦子大約是我母親那樣的年紀，我們的小學時代相差數十年，又有貨幣匯差，總之到了我開始可以遠足的小學時期，似乎也有「新台幣一百塊錢以內」的預算規定，大概會買森永牛奶糖、五香乖乖、飛壘口香糖、不二家的巧克力棒棒糖、人工調色的汽水、或是香吉士之類的盒裝果汁。我家也有遠足必然要準備海苔壽司卷的習慣，內餡沒有醬油熬煮的絲瓜乾，通常是包了煎蛋皮、小黃瓜、肉鬆和紅蘿蔔，米飯必然是糖和醋調味過，也是一次做了全家的分量，不過壽司卷兩端必須在家裡吃，不可以帶去遠足，母親說讓外人看到，不好意思。

可我也喜歡吃海苔壽司卷兩端，也愛吃吐司或蛋糕邊邊，任何烤到焦脆的點心外皮都愛。以前覺得這種嗜好可能被當成怪人，知道向田邦子也喜歡，總算是安心了。

想像八十歲的自己向你喊話

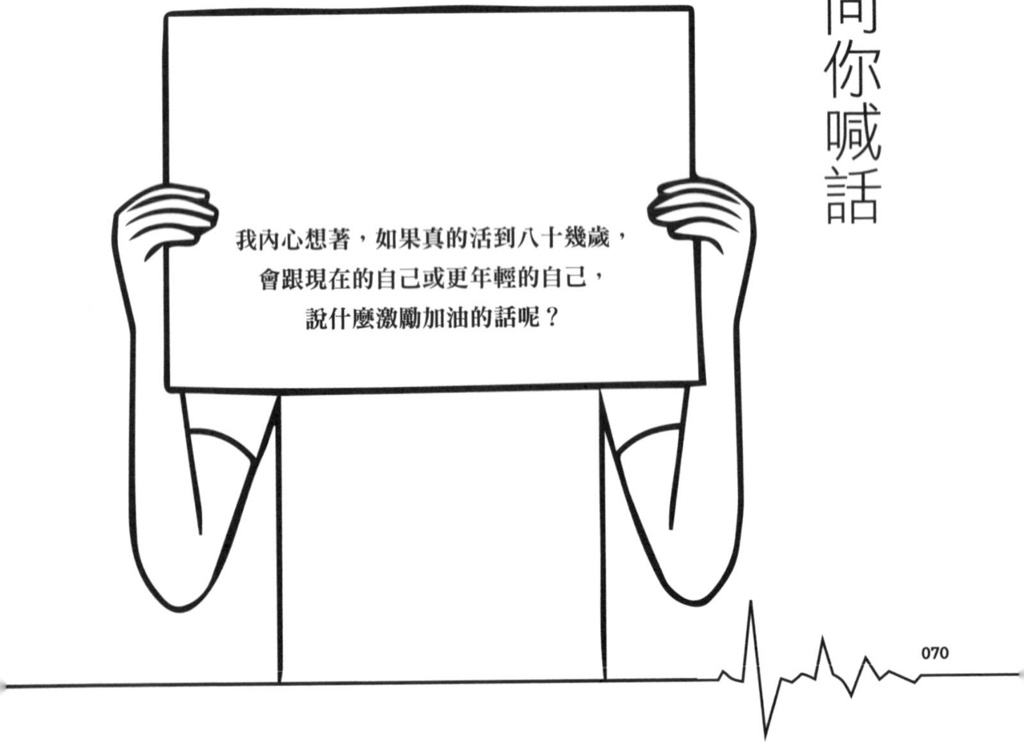
我內心想著，如果真的活到八十幾歲，
會跟現在的自己或更年輕的自己，
說什麼激勵加油的話呢？

連續兩年歲末，都看了同樣的節目企劃，又笑又哭，尤其在新舊年轉換的時節，特別有感觸。

二〇一六年十二月底，知名主持人「明石家秋刀魚」先生在TBS頻道推出一個睽違十四年的復活企劃《爆笑！明石家秋刀魚的御長壽GRAND PRIX》[1]，從地方資格賽開始進行，直到選出最終代表的三位長壽長輩，進行問題搶答，獲得冠軍的人，可以得到日幣十萬元的溫泉禮券。由於參加節目的長輩都有一定歲數了，反應不是很快，有人聽力不好，還要靠隔壁參賽者大聲提示，多數人對於各種外來語，或是新的偶像藝人名字也不太熟悉，搶答過程笑料百出，對於長輩們依然元氣滿滿的搶答精神，總也是讓觀眾會心一笑，連主持人都面臨不知道如何提示答案的窘境，完全是個有笑有淚的節目。

來到二〇一七年歲末，這個特別企劃，也如期推出。

復活企劃當中有個單元，請來長壽長輩們錄下「Video Letter」，對年輕時候的自己激勵喊話。這個部分充滿人生豁達的密碼，有很強的後座力。

有年長的女士對當年剛剛成為新嫁娘，為了婆媳關係十分痛苦的自己喊話。提到婆婆在晚年過世之前向她道謝，感謝她長年為夫家的付出，所以，「年輕的妳，也不要那麼苦惱，婆婆可能不是妳想像的那麼難相處。」

另一位老太太對年輕時候與丈夫一起做生意的自己喊話。「雖然知道妳很努力，可是在那不久之後，房子燒掉了，哈哈哈哈~~~」這位老太太竟然笑了，想必，後來她跟丈夫都克服難關，重新振作了吧！

還有一位女士，對於二十幾歲、在三個結婚對象之間猶豫不決的自己喊話。感謝那時選了「工作毫不起眼、也不是長得最帥的對象」結婚，讓她過了還算幸福的人生。這時鏡頭側邊走出一位老先生，「嗨，我就是當年妳選的那位工作毫不起眼，也沒有長得很帥的老公，我現在還活得好好的，感謝妳當年選了我。」

也有一位老先生，希望對十幾歲，剛開始愛上閱讀的自己喊話。「往後這輩子，你大概還要讀八萬冊書吧，但是小伙子，我告訴你，最好看的還是

FRIDAY……」（註：講談社發行的寫真週刊）

然後是一位爺爺，對著年輕的自己說：「謝謝你那時選了這位老婆。」此時一位女士走過來，「真不好意思，我現在變老了。」接著爺爺說：「你就是這麼木訥的人，從來沒有對老婆說過我愛妳這種話，現在我要說了，愛してるよ！」突然聽到老公的告白，自稱已經變老的太太完全愣住，很感動，想哭，可是又想笑。爺爺忍不住催促：「怎麼樣，我說了耶！」相當靦腆的太太只好小聲回答：「那就……謝謝了！」

最動人的其實是這一段：七十六歲的秋元秀夫，對著十八歲的自己說：「喂，秀夫，我知道你報考了東京都立大學跟早稻田大學，不過你應該更認真一點，在這裡先告訴你結果吧……連續落榜兩年，最後才考上中央大學……」

接著，老先生加碼對二十四歲的自己喊話：「喂，秀夫，我知道你一直不敢對同公司的花小姐告白，明明很喜歡，卻不敢求婚。但是，兩年後，花小姐就會過世了……我一直深愛著她，往後也一直走不出悲傷，直到現在七十六歲了，一直獨身未娶。所以，我要拜託你，趁現在，幫我一個忙，請跟花小姐說，她是我這輩子最愛的人……」

看完節目，我內心想著，如果真的活到八十幾歲，會跟現在的自己或更年輕的自己，說什麼激勵加油的話呢？

「喂，只是因為數學沒有考滿分就哭到不想吃中飯，往後等你到了國中高中，才知道數學要及格多麼困難，現在根本白哭了！」（或許對著小學三年級數學月考拿到九十五分卻哭得很傷心的自己說。）

「只是小小吵架幹嘛那麼傷心，不如現在就告訴你實話好了，你們很快就會分手了，後來再看到那個傢伙，已經成為不會有什麼特別感覺的普通人而已，甚至連對方的名字都想不起來了！」（或許對著某一年失戀的自己說。）

「確實是很痛苦沒錯啦，被人在背後那樣批評，可是人生就是這樣，往後要相遇的人或是往後不再聯絡的人，串連起來，就是長長的一生了吧，最後你終究會知道，能夠永遠陪在你身邊的，就只有你自己！」（對著某一次遭受挫折，很難釋懷的自己說。）

如果一個遭到劈腿、即將衝出門去「進行愛情復仇」的年輕人，眼前出現八十歲的自己，在歲月的那頭招手，「喂，我說你這傢伙啊，往後還可以認識很棒的情人啊，難道在這裡就打算把自己送進監牢嗎？你看我現在不是活得好好的嗎？」

日本創作歌手Angela Aki在二〇〇八年曾經發表一首單曲〈手紙～拜啟給十五歲的你～〉[2]，歌詞描述十五歲的自己給未來的自己寫了一封信，然後未來的自己回信給十五歲的自己。這首歌後來成為NHK全國中學合唱比賽的指定曲。「在快要認輸，快要掉下淚，下一秒就要從世界消失的時候，只要往前走就好了」，未來的自己回信告訴十五歲的自己，在那個以為沒有人瞭解的十五歲青春期。

這麼說，好像太過勵志又太過正向了，如果在遇到自己認為可能過不了的難關時，稍微想像一下八十歲的自己回頭來看現在的沮喪、負面、氣憤或任何決定時，會怎麼喊話？如何激勵呢？一旦這麼想，好像就不會覺得特別難過了。就算那樣的喊話有點毒舌或自以為幽默，總是可以活到那樣的年紀，而且還有力氣說些加油打氣的話，這一路變老的過程應該沒有什麼好怕了吧！

竟然是看了所謂的綜藝節目所得到的人生心得呢！但我以為，那不是娛樂取向的綜藝節目，而是很棒的人生企劃。

1《爆笑！明石家さんまのご長寿グランプリ》，日本TBS電視台推出的綜藝節目。

2 寫給15歲的自己（手紙～拜啓十五の君へ）。

六十歲的愛情

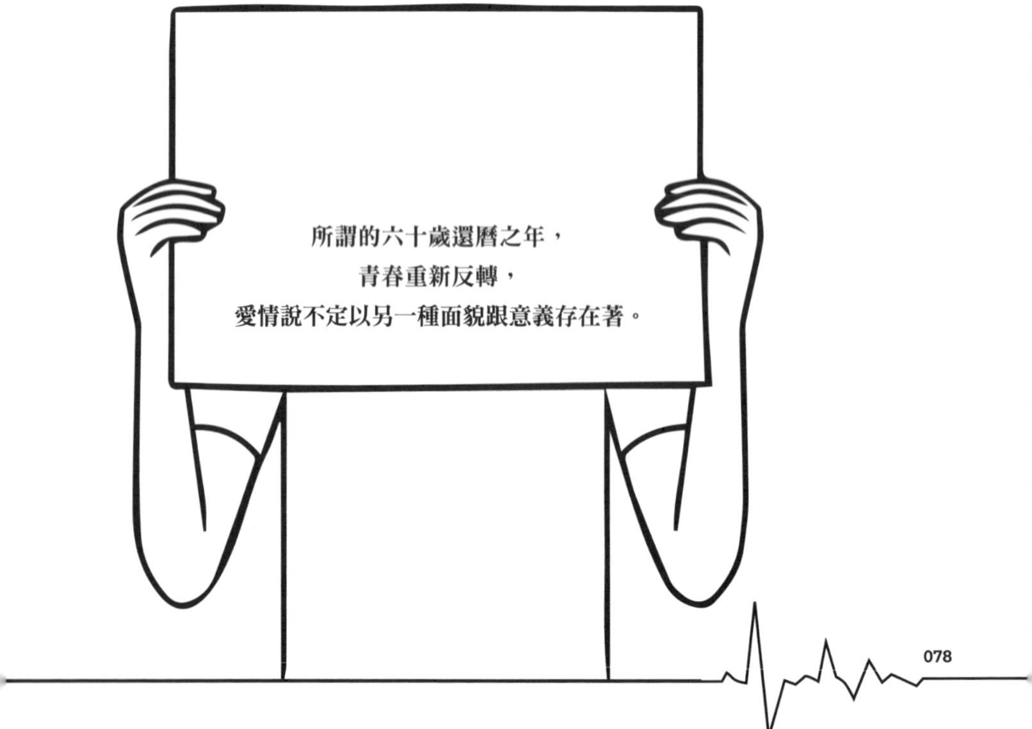
所謂的六十歲還曆之年，
青春重新反轉，
愛情說不定以另一種面貌跟意義存在著。

六十歲以後的人生成分當中，還有沒有愛情？倘若有，那是什麼滋味？

年輕的時候，以為愛情是青春限定，中年以後的愛情，總該以婚姻收尾，倘若還存在配偶之外的愛情，那就是不倫或偷情，那麼，老年之後，會不會也跟著體內逐漸流失的骨質和逐漸失調的賀爾蒙一樣，談情說愛的能力越來越低下，怦然心動的機會越來越渺茫呢？

因此那些台灣偶像劇的愛情也是青春限定，再怎麼厲害的演員，一旦來到中年，就只能安排他們去演外遇偷情，到了老年，就只能演男女主角的阿公阿嬤，天天等著抱孫子。戲劇與真實生活的愛情公式，依然不適用於中年以上，熟年更是直接封存，只能與含飴弄孫或頤養天年的形象畫上等號。

才不是那樣吧！

井上荒野的小說《獻給炒高麗菜[1]》給了漂亮的解題方向，六十歲以上的熟年愛情，非常有意思。

故事發生在東京私鐵沿線，只有普通車才會停靠的小站旁，位於不起眼的商店街，一家叫做「江江家」的熟食店。三個六十歲的女人，江子、麻津子、郁子，一個離婚，一個單身，一個喪偶，三人的名字取其發音的意思，恰好是「來來、等等、去去」。

經常送貨到店內的米店伙計「春日進」，是個年輕的帥哥，「江江家」隔壁有間夫婦經營的小酒館剛好叫做「嵐」（Arashi）。因此我內心想著，要是這部小說拍成電影或日劇，米店小伙子「春日進」應該是相葉雅紀或松本潤來飾演吧，相葉雅紀甚至比松本潤更適合。那麼，三個六十歲的女人該找誰來演呢？

「江江家」的熟食雖然是家常料理，可是那些菜色與烹調方式，都有三個女人的愛情故事。倘若有什麼宣傳字眼說這是一本料理小說，或說讓人難忘的是那些菜色與味道，那也未免太小看作者井上荒野的用意了。

三個六十歲的女人各有故事。老闆娘「江子」突然被丈夫告知，因為愛上江子的好友，所以，離婚吧！丈夫幫她裝潢房子又打點好一切，因為離婚了，兩人變成前夫與前妻的關係，但江子偶爾會以「前妻」的身分故意打電話問前夫一些烹調料理的事情，偶爾也會開車去跟前夫與好友喝下午茶，喔，不對，那是另一對夫妻了。熟年失婚的「江子」有許多惆悵跟情緒，對好友跟前夫的婚姻關係，當然也有嫉妒。可是「江子」說她很慶幸自己會做菜，很慶幸自己愛吃，很慶幸自己是有生命的動物，「因為無論再怎麼難過，再怎麼悲傷，如果不吃，就無法活下去，為了找食物，就必須外出活動……」

江子的人生哲學就是「進攻」，攻擊是最大的防禦，一旦心情好轉，就不能錯過機會，要不斷進攻，所以，江子鎖定米店的伙計進攻，說要跟他結婚。

但是「江江家」熟食店的另兩位六十歲店員也愛米店伙計，但那種愛不是什麼恐怖的嫉妒跟占有，而是因為跟小伙子談天、一起去喝飲料、或用店內的美食勾引年輕帥哥，真的會有戀愛的感覺。

經歷過孩子兩歲夭折，來到中年又喪偶的「郁子」，一開始不習慣在熟食店收工之後去「嵐」喝酒，她默默在自己租的小公寓，搬一張板凳，面對窗外的公園，一個人喝啤酒。她在倒數第二層的書架上面放了孩子跟丈夫的照片，把啤酒倒進相片前方的小杯子，拿出金屬掏耳棒，先在兒子前方的杯子「叮」地敲一聲，接下來敲丈夫的杯子，然後敲了敲自己手上的啤酒罐，噹～～

我讀了這一段，覺得人生的領悟好飽滿——無論如何，最終總要習慣一個人啊，一個人也應該開心喝啤酒才對。

另外那位過了四十歲才拔了虎牙、也才能大口吃玉米的「麻津子」，身旁一直有位應該可以跟他結婚卻始終沒有結果的男人，過了六十歲之後，似乎開始想要談一場熟年戀愛。

讀完小說，好想出發去尋找東京私鐵沿線，只有普通車才會經過的車站商店街，最好是有一家熟食店叫做「江江家」，隔壁有間叫做「嵐」的小酒館，當然，米店來送貨的伙計，最好長得像相葉雅紀，那就太完美了。

也許到了所謂的六十歲還曆之年，青春重新反轉，愛情說不定以另一種面貌跟意義存在著，愛情經歷時間發酵，有了回甘的酸味，不論圓滿與否，瞭然於胸，不必旁人來論斷，心領神會即可。

某日我看了國興衛視《全能住宅改造王[2]》，獨居在京都町屋的七十六歲老太太，委託設計師改裝房子時，對著電視鏡頭說了這樣一段話：「我以為一個人生活會很孤單，但實際遇到了，卻活得很快樂。雖然這樣講，對於死去的老公很不好意思，但我一個人生活完全沒有問題啊！」果然房子改裝之後，老太太繼續她熱愛的裁縫嗜好，邀老朋友們來家裡聚會，我突然想到「江江家」的三個女人，到了她們那樣的年紀，也就懂得不依靠愛情加持就能使自己過得快樂的道理吧，如果變老可以這般豁達，那還真是爽快啊！（編註：此篇潤寫自米果著作《一個人的粗茶淡飯2：偏執食堂，啓動文化二〇一七出版》）

---

1 井上荒野為直木賞得主，《獻給炒高麗菜》（キャベツ炒めに捧ぐ）由遠足文化出版。

2 日本住宅改造綜藝節目，由電視台從廣大報名裝修遴選出改造家庭，委託有才華的設計師（多為一級建築師）用經濟的方式將窘迫破敗的舊屋改造成舒適宜居的生活環境。

那些你以為的

2

為何「一個老人」很可憐，而「一個年輕人」卻被讚美是自由

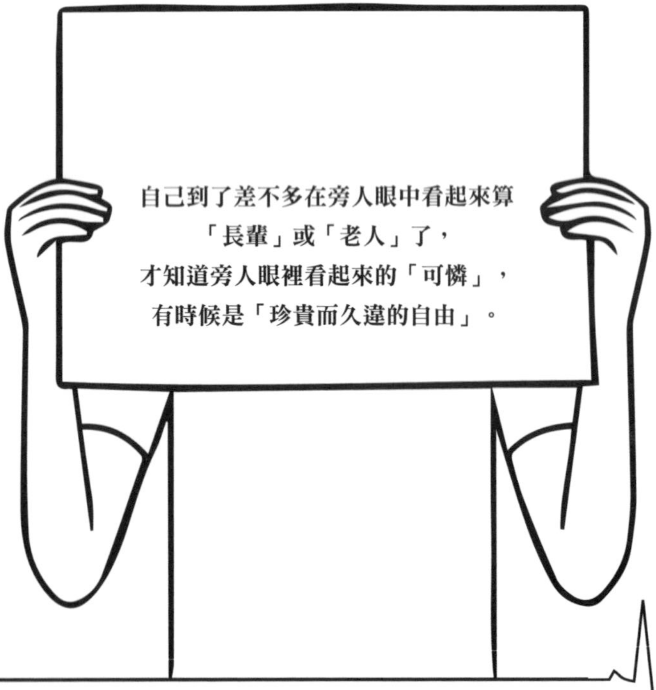
自己到了差不多在旁人眼中看起來算
「長輩」或「老人」了，
才知道旁人眼裡看起來的「可憐」，
有時候是「珍貴而久違的自由」。

如果，你看到一個老人，坐在公園吃著便利超商買來的三明治，一個人去投幣買飲料，一個人坐在長椅上發呆、曬著太陽……多數人可能會自作主張認為這個老人好可憐，沒有家人相伴，沒有人替他備餐，只好一個人去公園枯坐，買超商三明治，一個人默默吃完，默默打盹，默默消磨一天的時光。好可憐，好可憐。

而如果，你看到一個年輕人，在公園吃著便利超商買來的三明治，一個人去投幣買飲料，一個人坐在長椅上發呆、曬著太陽……多數人可能會認為那是個獨立自主的小孩，他們看著天空冥想，思考未來的方向，好自由，好勇敢，真令人羨慕啊，年輕人就該這樣！

過去我自己就常陷入這樣的迷思，與老人擦身而過，會注意他們身旁有沒有伴？會介意他們走路是不是搖晃？會擔心他們坐在路旁吃著包子饅頭莫非是遊民？

如果是散步途中或在住家附近移動，或許假設他們就住在附近，應該不必擔心。可是在空曠的公園、登山步道，或是海外旅行的登機口，看到年齡稍長的獨行者，往往自以為是地替他們貼上標籤，發誓自己老的時候絕對不能落單，因為那樣「看起來很可憐」。後來，我才深刻反省那真是仗著年輕才會有的偏見，以為年紀大的人什麼都辦不到，沒有人相伴就是可憐，我為那時的自以為是慎重反省。但也不是多麼了不起的自省，原因也只是自己到了差不多在旁人眼中看起來算「長輩」或「老人」了，才知道旁人眼裡看起來的「可憐」，有時候是「珍貴而久違的自由」。

會有「一個老人」很可憐，而「一個年輕人」很自由的這種想法，往往是從家人的緊絆關係而來的判斷。譬如我們從小有父母陪伴，一旦落單就會慌張哭泣，懷疑不被疼愛；長大一點就試圖脱離這種關係，覺得一個人獨處的時候既可以自由也能夠放鬆。之後有人又另組自己的家庭，或持續單身，不管選擇哪一邊，起碼都具備自己過日子的能力。而原生家庭的父母進入空巢期的過程往往跟自己變得堅強獨立的過程重疊，當黃金交叉點出現之後，各自朝著不同的曲線變得更強或逐漸變弱。因此來到中年的自己，看著步入老年的父母，會特別介意他們是不是一個人去做什麼？會不會有危險？是不是太孤獨？然後內心關於愧疚的那種情緒和牽掛會突然膨脹起來。

我父親是個非常懂得生活的人，小學畢業開始進入紡織廠當童工，三十幾歲創業，直到退休之後還是維持週間上午進辦公室的習慣。在我們年幼的時候，他是個會在假日安排全家出遊的父親，大概到了孩子的青春期，除非是年節拜拜或親戚家裡有喜事才會要求集體出席，否則很少「逼迫」我們跟他們一起行動。父親除了每週跟母親結伴去爬山，每天早上一起去運動，每年固定出國旅遊之外，就是喜歡自己一個人騎腳踏車去附近的公園看人唱卡拉OK，去文化中心看表演，看藝文展覽，看廟宇修復，他在卸下養兒育女的責任之後，根本是「城市一人旅」的實踐者。雖然出門不帶手機，也不戴手錶，看天色才決定回家的時間，類似這種習慣很難改變，在家等吃飯的母親偶爾會翻臉。

可是母親自己也是這種個性，一個人去洗頭，一個人去做臉，一個人去買衣服，多數時候也是一個人去買菜。之前因為一點小病住院之後，大家開始管控她的飲食，注意她一個人出門走路的路線與時間，好幾次我騎著腳踏車在附近找人，有一次發現她手裡握著吃剩一半的飯糰，還有一張便利超商的發票，我看了發票明細，問她是不是去超商吃泡麵？她笑得很開心，說店員弟弟還跟她說哪裡可以取熱水泡麵，她坐在超商座位區，吃了久違且思念不已的泡麵，只是湯喝不完，店員弟弟還幫她把湯倒掉，「現在超商店員的服務真好！」

我感覺那一個小時的獨自冒險，對八十歲的母親來說，根本是快樂的小旅行（還吃到被家人禁止的泡麵）。

我在台北的住家附近有一個大公園，也常看到「一個人」外出的長輩，在那裡甩手練功或快走，或是一個人拿著小型收音機，湊在耳邊聽廣播節目或聽歌。前陣子倒是看到不少熟齡族坐成一排在那裡撒櫻花抓寶，還互相炫耀誰手機裡的Pokemon比較可愛。

譬如我這個世代的人到了七十幾歲或八十幾歲的時候，有可能宅在家裡打線上遊戲或追劇看片，如果健康狀況允許，照樣一個人去旅行，一個人去吃迴轉壽司，自己上網訂蔬菜水果、民生用品，甚至是新潮的3C產品呢，到了那時，獨自拄著拐杖去小公園長椅曬太陽、看看風景、順便滑滑手機的時候，應該不希望被看成可憐的老人吧！

數十年之間忙著養兒育女，忙著工作或煮飯餵飽一家人的爸爸媽媽，來到晚年到底是比較渴望每天有人奉養，有人陪伴，還是希望一個人自由自在去做點什麼開心的事呢？看起來是各有不同的觀念想法吧！但我以後再也不要兀自去定義別人的孤獨可憐或自由了。

這些爸爸們

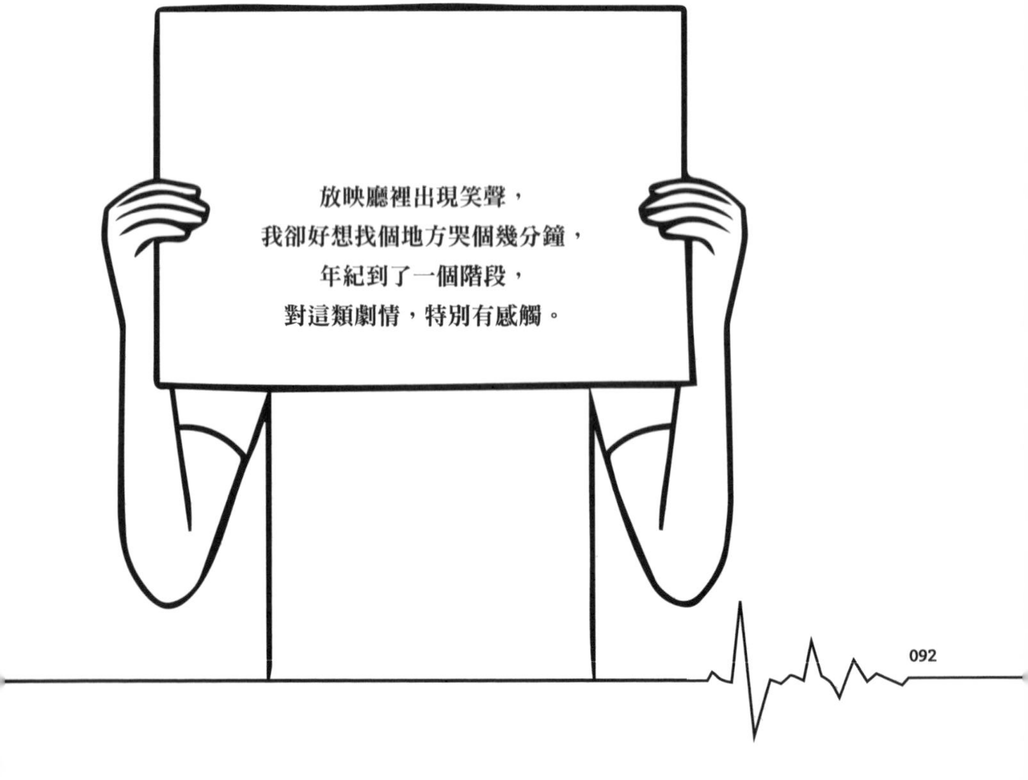
放映廳裡出現笑聲，
我卻好想找個地方哭個幾分鐘，
年紀到了一個階段，
對這類劇情，特別有感觸。

以這主題開始書寫之時，立刻想到「是枝裕和」導演的作品《橫山家之味[1]》，電影原名「歩いても、歩いても」，確實很難精準翻譯成中文，其片名發想應該是電影之中一段妻子察覺丈夫婚外情的關鍵性歌曲〈Blue Light YOKOHAMA〉，那是影片之中令人玩味的一段劇情，但既然中文片名如此，宣傳也就著重在橫山家料理的細節，但我注意到的，反倒是這齣戲的父親角色。

橫山家的醫生老爸

橫山家的父親，是個在自家診所看診的老醫生，一直希望優秀的長子繼承衣缽，沒料到長子因為在海邊救人溺死，在他眼中，不成材的次子無法接續他的診所，父子關係因此凍結。但這位老醫生的父親角色，在橫山家每年因為長子忌日的聚會裡，彷彿旁人，無法融入孩子與妻子的廚房料理過程，對於孫子和女婿在院子玩蒙眼切西瓜的遊戲，還因為波及他心愛的植物而動怒。即使是祖孫三代合照，也因為不耐煩而拂袖離去。聽到孫子們說著開心回到奶奶家，也只能獨自坐在診間生悶氣，忍不住嘮叨：「明明是我賺錢養這個家，為什麼口口聲聲說是奶奶的家？」

相較於原田芳雄飾演的這位舊時代父親角色，阿部寬所飾演的次子則呈現完全不同的樣貌，或許人生不甚得意，與妻子和前夫所生的小孩之間，尚在父子關係的曖昧磨合期，但或許還年輕，也不是在家裡很有威嚴的男主人角色，因此就少了傳統日本父親那種嚴肅面容，但關於男人的拘謹，還是很鮮明。

比較微妙的是，嚴肅的老醫師跟無血緣關係的孫子，有別於血緣家人之間的逞強，他可以自在給孫子紅包，自在與這小男孩談論未來志向，也就在外叫鰻魚飯的晚餐餐桌上，幫小男孩吃掉鰻魚內臟。

傳統家庭的父親角色往往是這樣，嚴肅，無聲，難以討好，心事藏至內心底層，所謂父親的逞強或以逞強包裝的孤單脆弱，大概是這樣的形象。

是枝裕和導演的另一部以九州新幹線開通為主題的電影《奇蹟》，橋爪功飾演的父親角色就更為沉默，但是與孫子之間約定的祕密是絕對不會洩漏出去。而小田切讓飾演的離婚單親爸爸，是個不成氣候的地下樂團樂手，靠年幼卻自立的小兒子處理大部分家事，看起來好無用，小兒子和他之間有一段對話：

「爸，媽媽常說你是沒用的東西。」

「這世間總是需要沒用的東西啊，如果每樣東西都有意義，你會窒息的啦！」

值得一提的，還有是枝裕和導演的坎城得獎作品《我的意外爸爸》。劇情描述一件醫療疏失，致使兩對夫妻抱錯小孩，企業菁英的福山雅治，以及小電器行老闆的Lily Franky，全然不同的父親形象與教養模式扶養出來的孩子，卻面臨感情和血緣的兩難。電影平鋪直敘兩個家庭的日常，卻在平淡日常的背後，湧現強勁的倫理親情拉扯出來的矛盾延長線，尤其最後那段福山雅治與無血緣卻有父子情感的兒子邊走邊和解的情節，相當催淚。

坐在榻榻米剪指甲的父親背影

我會反覆想起的，還有小津安二郎[2]電影裡的父親角色。《秋刀魚之味》那位喪偶之後倚賴女兒照顧的父親，以及《東京物語》那位短暫東京之行，卻因此跟同行老伴意外訣別的父親，都是戰後非常鮮明的昭和父親形象。而所謂鮮明，也都只是讓父親在家族裡的模樣更形沉默無語，只有在好友聚會喝酒之後才會猛爆胡鬧，但基本上還是隱忍許多情緒。山田洋次導演在向小津安二郎致敬而重拍的《東京家族》裡，老父親帶著妻子的骨灰，回到故鄉小島，也沒有經過太多和兒女的爭辯，就決定自己留下來生活。鄰居太太會送來洗滌晾曬之後摺好的衣物，鄰居小女孩幫忙遛狗。他坐在榻榻米地板剪指甲的身形，千言萬語啊，總讓為人子女如我，在戲院裡面，顧不得電影結束，燈光微微亮起，也還是淚如雨下。

另有石井裕也導演的作品《我們家》，父子三人突然要面對母親的腦部疾病，在泡沫經濟時期不斷貸款去支撐小型企業經營者形象的父親，對於家裡驟然面臨的危機，卻比兒子還要無助，不管是金錢還是情緒，都呈現中老年過後的脆弱。姑且不論兩個兒子在冷靜與樂觀之間的表現，父親相形之下還是有些逞強。不過導演安排了父子三人出門去跑步，藉口照料母親的病狀需要更勇健的身體來支撐，看起來有點詼諧，但那畫面隱約還是安置了過量的催淚洋蔥。或許我看電影的體質與旁人略有不同，放映廳裡出現笑聲，我卻好想找個地方哭個幾分鐘，年紀到了一個階段，對這類劇情，特別有感觸。

關於向田邦子[3]，以及父親的道歉信

在閱讀作家憶舊雜文之中，印象深刻的父親模樣，應該是向田邦子那位任職保險公司地方支社經理的父親。

「父親為人潔身自好，認真老實，唯有脫鞋子的方式跟常人一樣粗魯，總是胡亂將脫下的鞋棄置在玄關前的石板地上，對於孩子的脫鞋方式卻管教得十

分嚴格。」

在外應酬結束，還要帶著酩酊大醉的客戶回家繼續喝酒，喝到凌晨才散去的客人吐了滿地汙穢，在地板結成硬塊。因為放假的關係，從東京返回仙台的邦子，怒火中燒地跪在地上用牙籤刮除滲進地板的穢物，父親不知何時竟然穿著睡衣站在她身後，拿著報紙，赤腳看著女兒的手部動作。「我心想他應該會說些『真是不好意思』『辛苦了』之類的話來慰勞我，但儘管我有所期待，父親卻沉默不語，安靜地赤著腳，直到我清理完畢，還一直站在寒風刺骨的玄關前。」日後返回東京的向田邦子收到父親來信，書信結尾，寫了「日前妳做事很勤奮」，旁邊還加畫了紅線。向田邦子說：「那是父親的道歉信。」

邦子想起小時候，經常應酬的父親參加晚宴夜歸，帶了剩菜回來，會把睡著的小孩都叫醒，孩子們身上披件毛衣或是鋪棉外褂來到客廳，一臉通紅的父親，用小碟子幫忙分配食物，「我雖然受不了父親一身酒臭味，但是平常愛罵人的他像變了一個人似的招呼我們趕快吃，感覺還不錯。」

向田邦子的父親在六十四歲那年因為心律不整過世。生前連擦手巾都是父親單獨一條，和其他人分開使用。父親斷氣之後，一家四口圍坐父親身旁，沒人開口說話，也沒人流淚，弟弟對母親說：「應該拿塊布蓋住臉比較好吧。」母親神情恍惚起身，拿了塊抹布蓋在父親臉上，是一條印有圓點圖案的抹布。弟弟默默從口袋掏出白色手帕將抹布換下來。

「在葬禮結束一段時間後，我們提起當時的種種，她神情戚然地表示：『如果妳爸爸還活著，一定會生氣。我一定會被揍的。』邊笑邊說的同時，豆大的淚珠從眼角滴落。」

北野武的老爸菊次郎

閱讀北野武[4]的雜文集《菊次郎與佐紀》時，我才恍然大悟，原來電影《菊次郎的夏天》那位穿著花襯衫，帶著鄰居小孩去找媽媽的那位大叔，就是北野武父親菊次郎的投射。

「老爸比別人加倍害羞又膽小，如果不喝酒，想說的話根本不敢開口。可是一旦發飆，就無法對付。他是那樣的人。在我生長的東京舊市區，那種類型的男人很多。」

北野武的母親說：「第一次見面時就討厭他，連吸入他呼出的氣都討厭。」北野武卻無法理解，這麼討厭一個男人，卻有辦法跟他生了四個孩子。母親知道北野武明顯繼承了父親的習性，抽菸喝酒打架樣樣來，「或許我一個人繼承了老爸的所有缺點。」

然而北野武過了五十歲之後，發現老爸常對著他笑，「一個人是不是長大成熟，由他對父母的感情方式來判定。當你面對父母，覺得他們『好可憐』『很不容易』時，就是邁向成熟的第一步。不論多大年紀，還把『不能原諒我爸』掛在嘴上的人，充其量還是個小鬼。」

這些從電影和閱讀之中認識的日本父親角色，或暴躁或貪酒，或寡言或不易親近，好像與一般人那種耿直或慈祥或自律甚嚴的認為的父親形象相去甚遠，但也因為如此，才有辦法把那些男人該有的率性和脆弱都歸還給父親這角色。而那或許不是角色的扮演而已，那是扎實的人生，在許多父親身上，或多或少，都可以看到類似的影子吧！

---

1 由日本導演是枝裕和所執導。日文電影名《歩いても 歩いても》直翻為「走著走著」之意，出自Blue Light Yokohama（橫濱藍色燈影）的副歌開頭。

2 日本導演，低角度拍攝為其特色風格。作品多圍繞家庭題材，知名作品有《秋刀魚之味》、《晚春》與《東京物語》。

3 日本女作家，作品橫跨電視劇、電影、小說與隨筆。《父親的道歉信》台譯本由麥田出版。

4 日本導演、演員，作品以火爆風格著稱，並曾多次在自己的作品裡頭自導自演。《菊次郎與佐紀》台譯本由無限出版。

父子的寡言關係

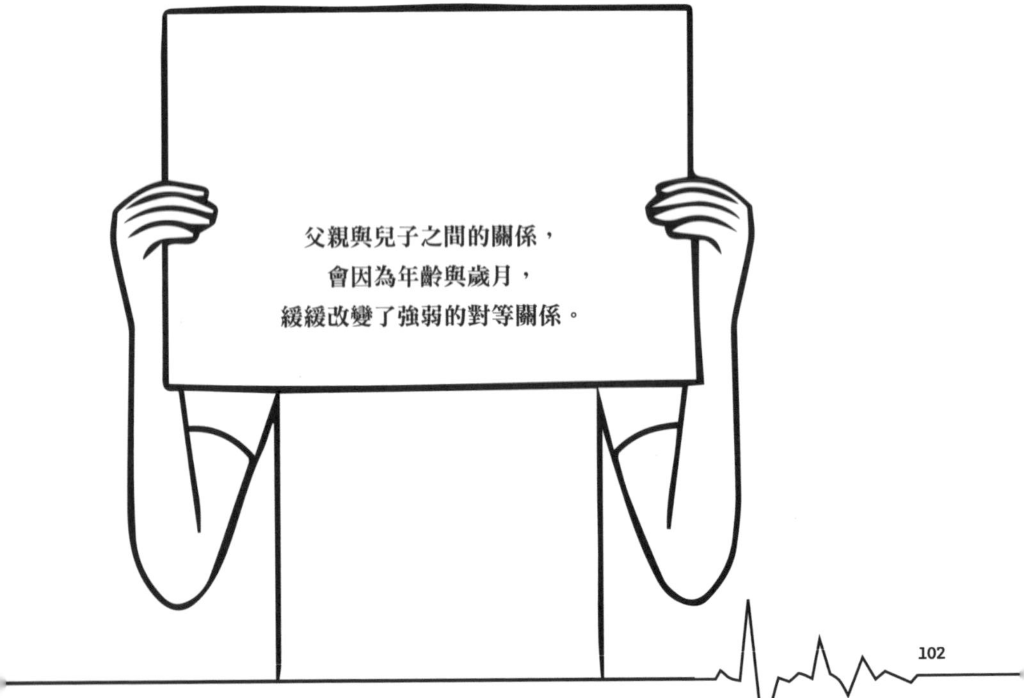
父親與兒子之間的關係，
會因為年齡與歲月，
緩緩改變了強弱的對等關係。

我看著「齋藤工」執導的電影作品《多桑不在家》時，不斷想起多年前由「役所廣司」和「小栗旬」主演的日本電影《啄木鳥與雨》，以及吳念真導演的台灣電影《多桑》。

這三部電影都用鏡頭與故事論述著不同家庭的父子關係。在《啄木鳥與雨》這部片子裡，小栗旬飾演一個羞澀靦腆的菜鳥導演，因為到山裡拍攝殭屍片而結識六十歲的伐木工匠，由役所廣司飾演的工匠，陰錯陽差號召了鄉民成為殭屍片的臨時演員。伐木工匠和兒子的關係十分糟糕，卻耐心聽著菜鳥導演說著父子間的心事。導演說，因為父親曾經送他一部攝影機，也就開始他的電影拍攝創作之路，卻始終得不到父親的肯定。飾演伐木工匠的役所廣司和飾演他兒子的高良健吾有幾場對手戲，將父子之間不對盤的緊張關係拉到緊繃的臨界點，彼此都不肯說出內心話，誰都不願意先洩漏了互相關懷的本意，以為那就是認輸，沒面子，甚至還發生父子打架的橋段，一切一切，拼貼了最後讓人幾乎熱淚盈眶的結局。我相當喜歡這部電影。而最近播出的日劇《陸王》，役所廣司飾演的宮澤社長跟他兒子之間，也是充滿對峙與和解的故事。

至於吳念真導演的《多桑》，從兒子視線看到的父親模樣，對妻子小孩以嚴格脾氣表現他拙於傳遞的愛與關懷，對外卻是愛面子、重朋友，有時大嗓門，有時又默默無語彷彿扛了一整個山頭的心事。

父親與兒子之間的關係，會因為年齡與歲月，緩緩改變了強弱的對等關係，到了某個黃金交叉點，可能在兒子自己也成為父親的時候，才會出現和解的起點；但也有可能一輩子都談不上和解，只是表面看似不介意，但內心還是無法原諒。如果願意去理解對方過去究竟為何憤怒，這種理解可能改善自己的下一段親子關係，不至於走向曾經有過的掙扎；也有可能根本原封不動複製下來，自己成為自己父親的樣子，而自己的兒子重複了自己年少經歷過的彆扭與憤怒。

父子之間的結，真的很難解。他們多數寡言，當然也有見面就打起來或吵起來的例子，內心總有互看不順眼的情緒，如果表現出來就怕被人說是「父不慈、子不孝」，於是悶著悶著，悶出臭臉。幫別人解開父子心結向來都很厲害，面對自己的父子心結就只剩下鐵齒跟逞強。

然而也不只父親，有時候還包括母親，在他們所扮演的父母親角色之外，應該也有他們期待自己想要活著的人生模式吧！以前常聽長輩說起一個親戚的故事，並不是血緣那麼接近的親戚，那人擅長「吹鼓吹」，聽說一旦去吹奏表演就好一陣子沒有消息，但也可能只是婚喪喜慶的場子而已，還不到音樂家的層次。於是在親戚的圈子裡，他就被定義為不負責的大人。我在成為大人之後，偶爾會想起那位曾經有過一面之緣的親戚，有可能他的基因之中就是那般四海浪漫，成為丈夫和父親或許不是他的選項。就跟齋藤工執導的這部電影故事一樣，也跟許多父親一樣，在父親被要求的形象之外，他們可能愛交朋友，喜歡打麻將，是個有求必應的爛好人，終其一生都很幼稚，可是在家人眼裡，他就是不成材，不負責任。

我看著齋藤工的電影，十三年不在家的多桑，十三年空白的日子，從男孩視線看到的哥哥、母親，還有男孩長大之後期待看到的父親模樣，或不期待看到的父親模樣……之中的人生課題多到拍成十集連續劇應該也可以，可是導演把一條一條線抽出來，抽得簡潔俐落，點到一個軸心就立刻跳開，把那些課題留給觀影者自己去消化。雖然是一部只有七十多分鐘的片子，雖然電影行銷一直強調齋藤工是多麼性感的移動式費洛蒙，雖然映後見面會的主持人要大家讓齋藤工聽到尖叫聲，可是我剛看完電影，腦裡都是主角「高橋一生」那幾乎被攝影鏡頭貼在臉孔前方的畫面，他眼眸裡的情緒流轉幾乎要滿到溢出來了，卻又收得那麼小心翼翼。他飾演的次子角色，跟飾演父親的Lily Franky那種不帶表演卻又百分百貼合角色性格的功力，根本是演技大拚場。齋藤工究竟是如何掌握這種恰如其分又迷人的電影語言，恐怕比讚嘆他性感男神的尖叫，還值得安安靜靜走出戲院，在夜色裡回甘。

對了，聽說演員身分叫做齋藤工，導演身分叫做齊藤工，就日文發音來說，其實是一樣的。

映後座談，齋藤工用他那幾乎可以讓影廳產生磁場共鳴的低沉嗓音，緩緩說著他自己跟父親的關係。「父親已經到了一個即使任何時候離開也不會讓我覺得奇怪的年紀了。」齋藤工的父親過去在「東北新社」工作，那是一家位於東京港區赤坂的公司，主要營業項目是電影製作與發行。齋藤工說他跟父親平常也不會聊什麼，可以聊的事情大概就是電影。

過去我們可能比較熟悉齋藤工的演員作品，應該也沒機會看到他執導的短片，而這部首次執導的長片，也不是那麼長。我覺得選角很厲害，尤其是葬禮的部分，每個角色都毫不客氣跳出來搶地盤，卻不因為搶地盤而出現突兀的缺口或落差。同時出席映後座談的電影編劇說，可能他自己也負責編寫綜藝節目腳本的關係。我覺得綜藝節目的緊湊感與掌握時間差攻擊笑點的功夫要非常厲害，但明明故事說的是一個不怎麼圓滿的家庭，還有十三年離家的父親，另有關於醫院、火葬和告別式的主題設定，卻有辦法讓觀眾一腳踩入生死課題的同時，還要小心猛然被激發出來的笑聲不至於太失禮，看這部電影好像就變成這樣又哭又笑的結果了。

這故事題材也可以拍得很藝術、很哀傷，一個長鏡頭拉出幾分鐘的靜止，那靜止看似意義不明，有時也會睡著。可是齋藤工的方法不太一樣，不是那樣的路數。相較於他在戲劇演員的表現，譬如性感男神之類的美譽之外，我應該會比較期待他執導的電影作品，畢竟是個在高中時期，因為閱讀了澤木耕太郎的《深夜特急[2]》就一個人出國旅行，為了籌旅費而去模特兒事務所敲門請求工作機會的奇才啊！

1 齋藤工身兼導演、演員與模特兒多重身分，《多桑不在家》日文片名為《Blank 13》。

2 深夜特急為一套書，分別為《第一班車：黃金宮殿》《第二班車：波斯之風》《第三班車：飛光啊！飛光啊！》以及《最終回：旅行的力量》。是一套風靡日本二十年的經典自助旅行作品。台譯本由馬可孛羅出版。

那些你以為的不正常家庭

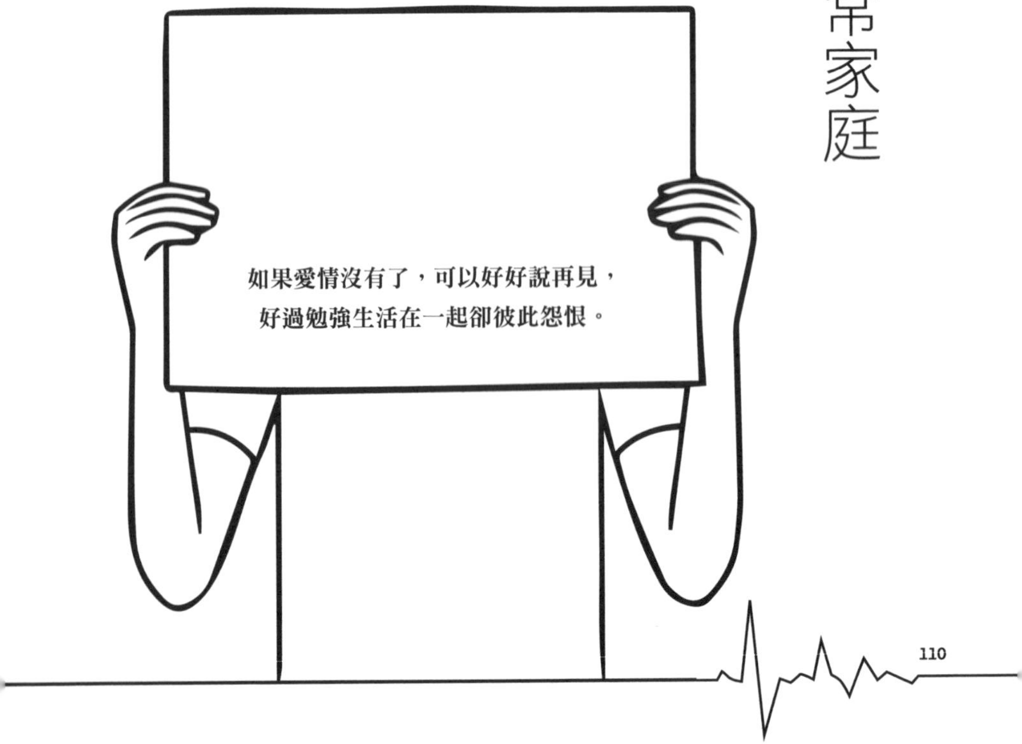
如果愛情沒有了，可以好好說再見，
好過勉強生活在一起卻彼此怨恨。

小學一、二年級，我家住在城邊一條長巷裡，同班一位男同學，住在巷子中段一間熱水瓶工廠。男同學晚了一年才入學，身形比其他人要高大，頭的比例也很大，幾乎戴不下學校的黃色帽子。雖然我跟他走同一條通學路線，途中相遇了，也很少交談，一前一後，各走各的。

後來聽鄰居阿嬸說，他們家「不太正常」。那時根本不懂所謂「不太正常」是什麼意思。後來輾轉聽說，他沒有爸爸，跟著媽媽住在娘家的熱水瓶工廠。我見過他媽媽，非常美麗，說話的聲音很好聽。

一路這樣成長，長輩灌輸的觀念，大概都會以大人的婚姻幸福美滿來定義家庭完整與否的「正常」與「不正常」。即使親族之中，也有人娶了幾房的太太，各房太太生的小孩，我張嘴跟著喊人，根本搞不清楚他們的關係。或有時發現常來家裡的什麼阿伯阿叔的，瞞著妻子在外面有了小三，那時還沒有小三的說法，聽大人議論這種事情的時候，說那是「外面的查某」，要有本事娶進來才叫做「細姨」。要是外面的女人生了小孩，一堆親戚出面拿主意，要元配吞忍，把小孩收養下來，婚外情或在表面上看似結束，卻在「你不說，我也不問」的默契之下，各演各的戲。

大人之間的愛情，對，就是世人很愛歌頌的愛情，倘若在不對的時間遇到對的人，在世間對家庭的嚴格定義之下，只好退縮到罪惡與不負責任的牆角，畫著心事無人知的小圈圈。

那些一直以來被傳統觀念定義的家庭，父母必須相愛，小孩必須孝順，男人要賺錢養家，女人要扛下所有家事，有委屈就要忍耐，不相愛了也要繼續在一起。

這是多數人以為的「正常」。

讀中學的時候，對面有戶人家，夫妻經常吵架，長輩也說那種家庭「不太正常」。有一晚我溫書到深夜，聽見吵架聲，摸黑躲在二樓陽台往外看，那戶人家的男人穿著木屐、頭也不回走出巷子，女人緊追在後，一把菜刀甩出去，差點削去男人的後腳跟。幾天之後，看到那夫妻兩人坐在家門口剝花生，放學經過的我，緊張到不敢呼吸，心裡想著，那個晚上差點殺了丈夫的妻子，如何這時還沉得住氣，坐在一起剝花生？

最近我看日劇《民眾之敵》，一對同時失業的夫妻，因為妻子「佐藤智子」投入選戰，之後順利當選，還當上市長，丈夫「佐藤公平」就以家庭主夫的身分，在背後支持妻子。

但我想談論的不是佐藤夫妻，而是他們的朋友，任職於報社的單親媽媽「平田和美」。

提到單親媽媽，或許立即聯想到「離婚」與「未婚生子」，如果按照我小時候接收到的長輩教育標準來看，就是「不正常」。可是劇情發展到佐藤智子的政敵「犬崎和久」使出賤招，放出平田和美與佐藤公平的婚外情流言，於是有了一段平田和美與佐藤公平在餐桌上的對話。

平田和美大致是這樣說的，「因為熱中於工作，又不擅長談戀愛，可是很想要有自己的孩子，於是拜託工作上可以理解我想法的同事提供精子，懷孕生了女兒。」

「那麼，孩子知道父親是誰嗎？」

「不知道。」

「那為什麼不透過精子銀行呢？」

「因為我想說，萬一哪天出了什麼事情，不在了，至少有個人可以拜託。」

「很狡猾呢！」

「對啊，很狡猾，我知道。」

平田和美說，所謂的家庭，原本就有很多種可能，一夫一妻的，男人和女人，或男人和男人，女人和女人，或像她這樣，一個母親跟一個女兒。

佐藤公平說，世間輿論可能認為，像他這樣在家煮飯洗衣做麵包帶小孩的丈夫，簡直是靠女人吃軟飯的沒用男人。可是誰有權利來定義家庭的格式呢？他只要看到妻子在工作上精神奕奕的模樣，就覺得很幸福。

整段對話大概是這個意思。

二〇一六年石田百合子在《逃避雖可恥但有用》一劇中，飾演在工作上獨當一面，對婚姻愛情非常有想法的「百合阿姨」，這次在《民眾之敵》飾演媒體記者平田和美。原本主跑政治線，因為請了育嬰假，之後被報社放逐到社史編纂室冰凍起來，她向人事部門抗議之後，才調回去主跑文化線。單親媽媽要兼顧育兒和工作原本就很吃力，可是她把小孩教養得很好，孩子也懂得體恤母親的辛苦，和好友佐藤夫婦也會互相支援。如果以世間對於家庭的定義，或以我兒時被長輩教育的定義，像平田和美這樣的家庭，大概就被歸類為「不正常」。

到了一定年紀，對於這種二分法，真是厭惡透了，只想對那些指指點點說，干你屁事。

漸漸地我們就會知道，如果愛情沒有了，可以好好說再見，好過勉強生活在一起卻彼此怨恨。或為了外人歌頌的婚姻幸福而隱忍不幸福的關係，直到互相砍殺或抑鬱終老。我們總要理解，離婚不代表失敗，而是一個決定，不管孩子跟了誰生活，讓他們知道離婚以後的爸爸媽媽都很愛他們，可以約出來吃飯，有事情可以商量，那也是家人的一種關係。或者像平田和美這樣，無法擁有戀人和婚姻關係裡的伴侶，但是她想要成為一個母親，她也有能力照顧一個女兒，對她來說，那就是很正常的家庭。

現在要是有人跟我提起，誰誰誰的家庭不正常，我通常都會直接回應對方，人生百百種，先管好你自己吧！

意志薄弱者暗自飲泣的地方

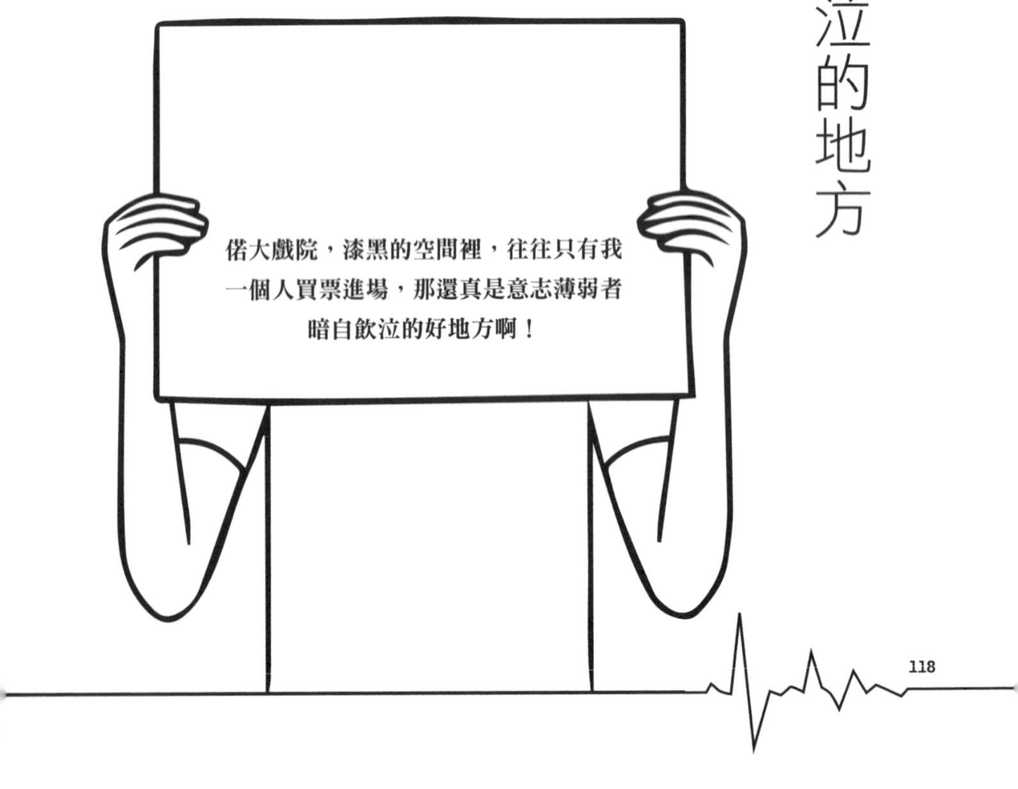
偌大戲院，漆黑的空間裡，往往只有我
一個人買票進場，那還真是意志薄弱者
暗自飲泣的好地方啊！

「**意志薄弱者暗自飲泣的地方**」，這句話，是那位與愛人投河自盡，以頹廢風格著稱的「無賴派作家」太宰治所留下來的名言。

我習慣選擇平日白天的電影場次，偌大戲院，漆黑的空間裡，往往只有我一個人買票進場，那還真是意志薄弱者暗自飲泣的好地方啊！

但我真喜歡那樣的磁場氛圍，一人獨享整部電影款待的心意，說不定也有那種在意志薄弱的狀況之下，想要暗自飲泣的企圖，卻被電影情節扭轉，完全忘記自己所處的糟糕情緒，彷彿就站在電影畫面的某一個位置，偶爾也參與劇中人物的對話，手一摸，就觸到主角配角的肌膚。

於是我想起山田洋次「導演的作品《東京家族》那位突然喪妻的父親，看著天空自言自語：「今天也是好天氣啊！」我想像自己就站在父親「橋爪功」與兒子「妻夫木聰」的身旁……戲院放映廳當中，暗自飲泣，是多麼了不起的奢侈。

太宰治這段話，其實是在閱讀日本導演「是枝裕和」的隨筆作品《宛如走路的速度[2]》發現的，對於是枝裕和導演的電影作品，好像已經超越「喜歡」的等級，而是比「喜歡」還要更複雜的層次，但我不曉得如何形容。

在一篇標題為〈元氣〉的短文裡，導演提到某個季節，來路不明的問卷調查接連寄來三次，「請選出三部令人看了精神百倍的電影」，導演對於這樣的問卷，出現相當可愛的反應，「真是傷腦筋傷腦筋……」

我其實也很怕這樣的問卷調查，譬如，「此生最難忘的十部電影」「此生最推崇的十本書」「這輩子最想推薦給朋友的十首歌」，最近類似這樣的網路社群分享，還會採取「幸運信」模式，回答完「十部電影」「十本書」或「十首歌」之後，要再點名三個朋友繼續發表他們的「十大」。這種點名遊戲對我來說，簡直比繳交一篇五千字的稿子還要困難。首先，要快速想出十部電影、十本書、十首歌，已經是挑戰了，還要掙扎著如何取捨，就更煩惱了，何況今天決定的十大，明天有可能被自己推翻，很認真交出十大，或很草率交出十大，最後結果好像沒什麼不同，閱讀的人有可能只是「喔！」「這樣啊！」接著就擱著不理會了。一旦這麼想，我就會在朋友點名分享的時候，默默按著滑鼠靜靜滑走，裝作不知道。

是枝導演說他自己雖然不喜歡「厭世」之感的作品，但也絕對不敢拍胸脯保證觀眾看完自己拍的電影，「精神可以馬上好起來」。舉凡看電影、觀賞運動競賽，大概都沒辦法立竿見影，有「立刻振奮起來」的強烈藥效。如果是閱讀的話，若是閱讀「非實用書」「非企管勵志書」「非理財養生書」，多數也都沒什麼立即療效，不過導演說：「看了或許不會提振精神，但仍然有其價值……」

他舉了自己的電影作品《奇蹟》中，小田切讓飾演的父親，有一次在電話裡面對分居的兒子說：「世間也需要沒用的東西，如果一切事物都必須有其意義，會讓人喘不過氣來。」

我看過《奇蹟》這部電影，以鹿兒島和福岡與九州新幹線為故事背景，兩個兄弟，各自跟隨分居的父母生活。因為這部電影，我開始憧憬鹿兒島旅行，後來也果真如願。當然，我記得小田切讓這段話，這段話太精采了，當時在戲院裡面還不小心大笑出來。

在書店看到是枝裕和導演這本書，沒有多考慮就帶回家了，就好像過往只要看到他的電影作品，無須任何簡介宣傳或提示，直覺就該買票去電影院觀看。我突然想到可以適切形容那種超越「喜歡」的層次了，應該就是——相信他的腳本或電影可以挖出自己內心的某一塊死角，可能是自身無論如何都不願意承認或不肯回想的那個部分，因為電影的提示，才有機會從抽屜深層拉出來，放在手心，凝望對話，「意志薄弱者暗自飲泣」也無所謂，「如果一切事物都必須有其意義，會讓人喘不過氣來」，對，就是這樣。

書中有一篇〈懷念〉，是枝導演提到他的父親在台灣出生，從台灣的學校畢業之後，到中國旅順工作，戰時被徵召，戰後被蘇聯軍隊帶往西伯利亞強制勞動。父親晚年在喝醉的時候，經常提到他的「故鄉」——「對這樣的父親來說，台灣時代或許是他生命中唯一快樂的『青春』……」讀到這段，會心一笑，原來，一個台灣，一個時代，國籍與故鄉的相對關係，產生了「日本時代」與「台灣時代」的對照組，當然，台灣因為選舉而出現的皇民之說，那是另外的故事。

觀看是枝裕和的電影作品是一回事，從他的隨筆作品閱讀到的是枝裕和本人，又是另一個層次。並非截然不同的面貌，多少從他的想法可以清楚比對他的電影作品顯現的脈絡紋路，沒有太多衝突。

他提到，因為《我的意外爸爸》在法國坎城影展得獎，因此有機會在根津美術館向前來參訪的法國總統致意，但是在前往美術館的途中，聽到法國總統與日本安倍首相發表了共同聲明：「在開發核能相關技術確認合作關係，並加強推動核電輸出的合作」，他心想，這怎麼可以？於是立刻做了決定，一定要好好利用那對話的一分鐘，除了表達坎城影展的謝意之外，還要請法國總統「務必去福島看一看」。

就像過往觀看是枝裕和導演的作品一樣，這本隨筆短文，對我來說，也超越「喜歡」的層次，彷彿他就是個熟悉的朋友，可以坐下來聊天，說一些內心想法。尤其有幾個篇章，描述與他電影合作的演員，橋爪功、樹木希林、原田芳雄、夏木八勳；寫到他自己父親過世的守夜，與母親最後一次在新宿吃飯，看著她消失在車站南口剪票閘人群中的背影……讀著文字，很慶幸沒有錯過這本看起來一點都不熱鬧也好像不會很暢銷的書，但這種書往往錯過就會後悔得要死。

尤其是這段話：「人類之所以為人類，正因為除了成功，還會記住失敗，從而積澱為一種成熟的文化。不記取教訓而急於忘記，就等於要人類變成動物，是政客和媒體所擁有的最強大且最低級的暴力。」

此時此刻，讀到這段話，特別受用。

1 執導超過八十部以上的電影，《東京家族》為其出道五十週年的作品。

2 導演是枝裕和的第一部隨筆，無限出版社。

母親為什麼常生氣

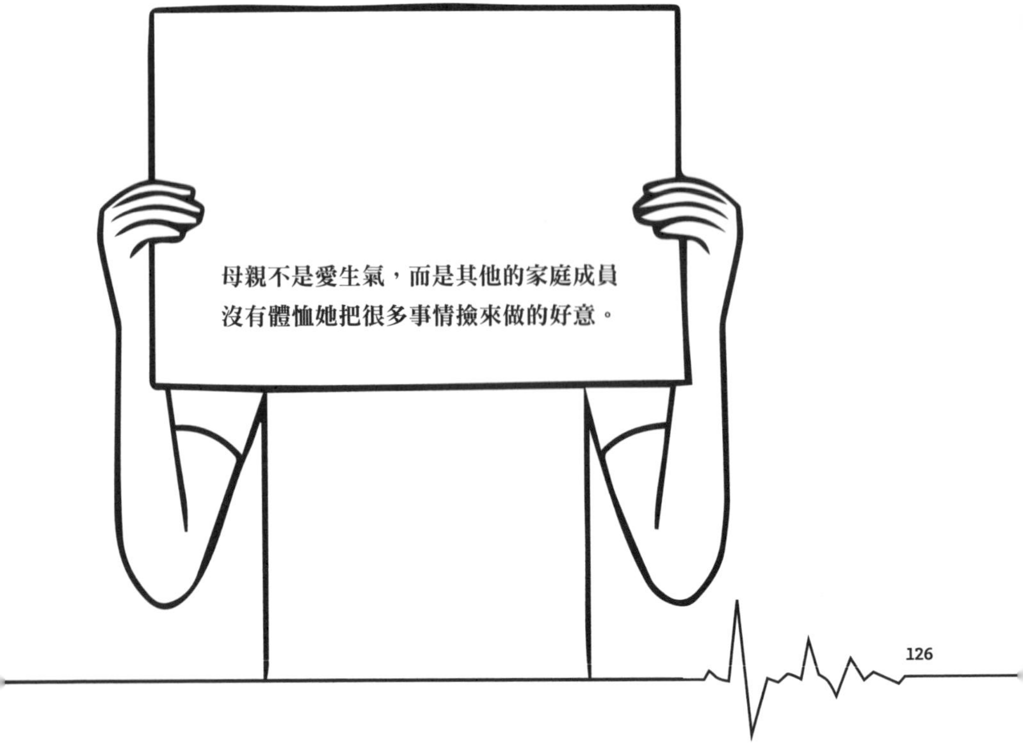
母親不是愛生氣，而是其他的家庭成員
沒有體恤她把很多事情撿來做的好意。

最近我常常想起小時候，被母親指使去做事情，總是不太甘願，雖不至於頂嘴，但突然被要求從投入的事情之中抽身，難免不開心，何況那種年紀總愛計較誰該做誰又沒做這種自以為很嚴重的公平問題，總之被喚來喚去又不能反擊，只能臭臉回應了。

譬如晚餐之前，六點鐘前後，正在看卡通片，母親突然在廚房大叫：「誰去幫我買太白粉……」電視機前的小孩全都不動，假裝那命令會自然飄散，然後消失不見。但我常常被指名，母親向來認為家事是女孩的事，看什麼卡通片，快去巷口柑仔店買太白粉，少囉唆。

聽到母親指名，我會縮進沙發裡，試圖躲起來，卻又忍不住觀察廚房動靜。從客廳跟廚房之間的裝潢隔間木條空隙，看著母親站在瓦斯爐前方的背影，頭頂是抽油煙機轟轟轟的作戰聲，去美容院做好的頭髮已經塌了，鍋蓋掀起的瞬間，烹調煮食的白煙「嘩～」地竄上來，我想像母親額頭與鼻尖必然浮出汗漬，或臉上早已出油，她每日早晨出門買菜會化點淡妝，到了晚餐時段，應該都花掉了，粉底泛出油光。何況，吆喝小孩做事，又得不到回應，最終都要動怒，那時候的母親是正在噴發的火山，惹不起。

母親常常生氣，生氣的具體表現不外乎斥責或碎唸，而生氣的理由不外乎一些家事——家裡的事。我們或許覺得那是整天待在家裡的母親該做的事，小時候以為那就是分工，父親的工作是去賺錢，小孩的工作是去讀書，而母親的工作是做家事。

每日固定要惹火母親的事情大概就是小孩的這些行為：睡醒之後沒摺棉被，但她唸著唸著，也就幫我們摺了；換下來的衣服沒有放到浴室桶子裡，或換洗的制服口袋裡的衛生紙沒有掏出來，脫水之後變成一團紙漿，當晚放學回家就被罵慘了；洗澡時間沒有一個接一個，尤其是冬天，浴缸裡的熱水萬一冷掉了，浪費！但她常常是最後一個洗澡，水當然不熱，而且要順便洗浴室。

母親一早起床就忙著準備大家的早餐跟中午的便當，還要餵狗，還要上樓到佛堂點香拜拜，再下樓洗茶盤杯子。早餐吃完，大家飯碗一丟，陸續出門，當她終於有時間坐下時，看著杯盤狼藉，內心不曉得有多少複雜的情緒。直到我長大以後，好像才略微懂得那種悶與怨，洗不完的碗盤、洗不完的髒衣服、煮不完的一餐又一餐、日復一日的勞動……除了母愛，還有沒有其他足夠支撐這些雜務瑣事的胸襟與包容呢？

母親倒是很少管我們出門去哪裡玩，只要時間到了，記得回來吃飯就好。發懶想要蹺課的時候，藉口身體不舒服，躺在沙發裝虛脫，她會幫忙打電話去跟老師請假。她不給我們零用錢，但真的要買東西，說了數字，不是太離譜，她都會給。

她會碎唸我們的書桌太亂，房間像被子彈掃射過，但幾乎不曾動手幫我們整理，連我們抽屜裡面有什麼東西都沒翻過。

有一次母親帶我們搭公車進城，街邊一戶人家門前地板的水泥未乾，我不慎踩過去，留下腳印，那戶人家的太太衝出來罵人，母親氣了，也回罵她，說小孩哪知道水泥沒乾。但一走過轉角，母親開始指責我，走路幹嘛不長眼睛，我搭上公車之後一路哭到城內。過了很多年，經過那戶人家，跟母親提這件事情，但她說，忘了。

小孩各自離家生活之後，母親碎唸的目標集中在父親身上，唸他牙籤亂丟，換下來的髒襪子亂丟……

漸漸，她步入老年，關於家事的堅持，不得不鬆懈下來，做不來的，也不掛念，或根本掛念不來。以前惹她發脾氣的種種，原來都只是日常瑣事，家裡的成員如果可以各自處理或彼此分擔，她也不必全部撿來做；一旦撿來做，難免有怒氣，但脾氣過了，囤積在體內成為壓力來源，換成我自己，好像也會火大。

為何要張羅一家人的三餐？為何要洗衣收衣？她也想要什麼都不必費心，坐下來就吃，吃完就起身離開，管什麼剩菜管什麼洗碗，管什麼流理台雜亂，管什麼水槽裡的菜渣，管什麼客廳散落的那些用過的面紙、讀過的報紙，還有不曉得到底還要不要的雜誌跟DM……

我問過朋友，他笑笑說，在他的原生家庭，父親愛乾淨，會做菜，於是他做了大部分家事，也常常生氣。

我的另一個朋友說，他與妻子結婚之後，兩人都懶散，看誰先受不了，誰就把屋裡堆成小山一樣的髒衣服拿去洗；看誰一直踢到雜物而發怒，誰就去打掃，還因為吸塵器很費力，乾脆去買掃地機器人，最終再因為爭吵誰去啟動掃地機器人而翻臉。

原來是這樣啊，母親不是愛生氣，而是其他的家庭成員沒有體恤她把很多事情撿來做的好意。關於這些，唯有在母親衰老之後，或我們自己也成為擔負家事而常常發脾氣的人，才會有所領悟吧！

至於發完脾氣之後為何還是繼續做那些看不到盡頭的家事？應該是對家人的愛吧！若我直白問現在幾乎已經不做家事的母親，她大概會說，如果她不做，那誰要做？至於「對家人的愛」這種肉麻的話，她應該是從沒想過吧！

女人肩上的塵勞

過去我們從女性長輩那裡聽聞她們對丈
夫的牢騷，卻誤認那是晚年性格脾氣的
必然，直到日本醫學界的研究，
才明白那其實是一種病。

日本昭和文豪「井上靖」，在其自傳體小說《我的母親手記[1]》裡，曾經這樣描述晚年喪偶的年邁母親：

「父親對她的頤指氣使不再，而她對父親的冷淡也無存。準此而言，父親和母親之間的借貸關係是徹徹底底清理一空了。母親今天晚上追憶起下雪天出門接父親、擦軍靴、做便當等等事情，基本上不能說是苦差事吧。她實際上做這些事的年輕時代，一定也不會把它們當作苦差事。雖然不是什麼苦勞，可是等到年紀大了以後回頭一看，有如長年堆疊的塵埃一樣，那些事也就變成相當的重量積壓在母親的肩上。活著就是這樣，時時刻刻都有看不到的塵勞，飄降我們肩上，而如今的母親正感受到它的重量吧……塵勞這種東西，或許只會積壓在女性的肩上，那是漫長的婚姻生活中，無關愛恨，做丈夫的只會留給自己妻子的東西也說不定。一天天，說不上是恨的恨意，緩緩積存在妻子肩上，如此一來，丈夫成為加害者，而妻子就變成受害者。」

這本小說雖是一九七五年由「講談社」出版，實際書寫以及井上靖觀察到母親肩上所謂的「塵勞」，應該更早於一九七五年。井上靖過世二十一年之後，小說改編成電影，由「樹木希林」飾演母親一角，看電影當時，彷彿看到樹木希林肩上的塵勞，雖是無形的譬喻，因為先讀過小說，也就鮮明意識到塵勞在女人肩上堆疊的重量。同樣在「是枝裕和」導演的電影作品《比海還深》《橫山家之味》，樹木希林飾演的年邁母親肩上，也真的有那種稱之為塵勞的痕跡。

最近看到日本電視媒體頻繁討論到「夫源病」的時候，總會想起井上靖這段文字。女人的塵勞與夫源病的對照，「丈夫是加害者，妻子是受害者」，已經從文學上的觀察，走向醫學上的臨床討論。已婚女子的中晚年，確實面臨這種身心疾病糾纏，過去我們從女性長輩那裡聽聞她們對丈夫的牢騷，卻誤認那是晚年性格脾氣的必然，直到日本醫學界的研究，才明白那其實是一種病。

夫源病最早由大阪樟蔭女子大學教授，同時也是循環器科專門醫師「石藏文信」所命名，他從二〇〇一年開設「男性更年期」門診以來，藉由夫妻諮商發現，妻子因為丈夫的言行或存在，或因為家事育兒的壓力，或對婚姻生活的不滿，種種因素長期累積，造成自律神經問題或賀爾蒙不平衡，好發於四十歲到六十歲之間的已婚女性。普遍會有頭痛、胃痛、目眩、耳鳴、心悸、易怒上火、焦慮恐慌、失眠、心情低落、憂鬱等等症狀，因為與更年期症狀類似而被忽略，直到這幾年，才逐漸被重視。

夫源病最容易發生在「頑固丈夫vs.賢妻良母」這樣的夫妻組合，為了家庭氣氛和樂，夫妻雙方很少溝通，對彼此的不滿也不會輕易說出口。這類型的妻子內心總是想著「這種程度的不滿非忍耐不可」，因此夫妻關係來到晚年，即使兩人面對面吃飯，也很少交談，有時候因為丈夫一句話就能引起妻子身體不適。一位有夫源病困擾的女性在電視節目訪談畫面裡坦承，只要丈夫在家，就會明顯頭痛，甚至過度換氣，必須關在房裡或離開丈夫所在的空間，才有辦法緩和下來。石藏醫師曾經出版夫源病的著作，就以《太太的疾病百分之九十是老公造成的[2]》為書名。

比較傳統的老派婚姻關係裡，丈夫從來不做家事也不幫忙帶小孩，除了上班之外，可算是家事白痴。在新婚之初，雙方有愛情當靠山，妻子或許覺得丈夫對生活與家事的笨拙反而顯得可愛；可是婚姻關係超過十年之後，妻子普遍覺得什麼家事都做不了的丈夫簡直像大型垃圾。結婚超過三十年的妻子甚至表示，以前會因為丈夫是家裡的經濟來源而強忍不滿，在丈夫退休之後，光是聽到躺在沙發看電視的丈夫問說午餐吃什麼，整個人就火大起來。

石藏醫師表示，妻子的夫源病會因為丈夫退休而加劇，嚴重的時候還會惡化成「復仇型憂鬱症」，妻子陷入重度憂鬱，身體並無嚴重疾病卻整天臥床，丈夫不得不扛下所有家事，還要照料妻子的起居飲食。這是一種無意識的復仇，即使有其他家庭成員共同居住也不容易察覺。而這種復仇型憂鬱症，會在丈夫過世之後恢復正常，妻子會自己料理三餐也會打扮外出，變得心情愉悅，所有身體與精神上的病痛，不藥而癒。

日本這些年，在丈夫退休之後的「熟年離婚」案例似乎越來越多，近年也有所謂的「卒婚」現象，亦即夫妻兩人還維持婚姻關係，但各自選擇居住處所與生活方式，兩人從夫妻關係「卒業」（「畢業」之意），回到朋友或家人關係。

TBS電視台在二〇一七年六月十二日晚間節目也探討了「死後離婚」的現象。當婚姻關係裡的其中一人過世之後，配偶只要向戶政單位提出「姻族關係終了申請書」，無須對方家人同意就可生效。祖孫還是維持原有法律上的關係，但婚姻當事人跟原有婚姻關係的其他姻親，不再有任何法律上的關連，也不必負擔對方父母的老年照護義務，這類申請有逐年增加的趨勢。

在井上靖小說改編的電影飾演母親一角的樹木希林女士在現實人生之中，有過兩段婚姻。一九七三年與搖滾歌手「內田裕也」再婚之後也僅僅共同生活一年半，之後分居長達四十幾年，其中曾有丈夫單方面提出離婚申請，卻遭到妻子拒絕，經由訴訟也由樹木希林取得勝訴，兩人依然維持法律上的婚姻關係，在樹木希林罹患癌症之後，更是每年見面一到兩次，甚至會一起去夏威夷旅行。

夫妻關係走到晚年，如果有夫源病，說不定也會有妻源病，倘若顧及到面子或掛心老後病痛無人照護的問題而勉強一起生活，雙方不滿的情緒和壓力累積之後恐怕成為精神與生理上的病痛。雖然石藏醫師建議可以藉由「短天數的離家出走」改善雙方關係，但是人到了中晚年，有沒有辦法意識到自己身上的症狀來自於配偶的存在，或承認伴侶的病因源自於自己的言行舉止，對於長年的婚姻關係或家庭關係來說，都是很難跨越的障礙，何況年紀大了，所謂的老夫老妻，脾氣要改，何其困難。

日本社會的中高齡人口對於婚姻關係的存續或結束，似乎做出不同的選擇。同為東方社會、類似的家庭價值觀，台灣是不是也該好好正視夫源病的問題，而不是把堆積在妻子肩上的塵勞，當作難搞的更年期症狀來嘲笑揶揄，畢竟，那是很深刻的陰影啊！

1 無限出版社，同名電影2012年在台上映。

2 《妻の病気の9割は夫がつくる》，石藏文信著，八方出版社。

絕對要記住這句話

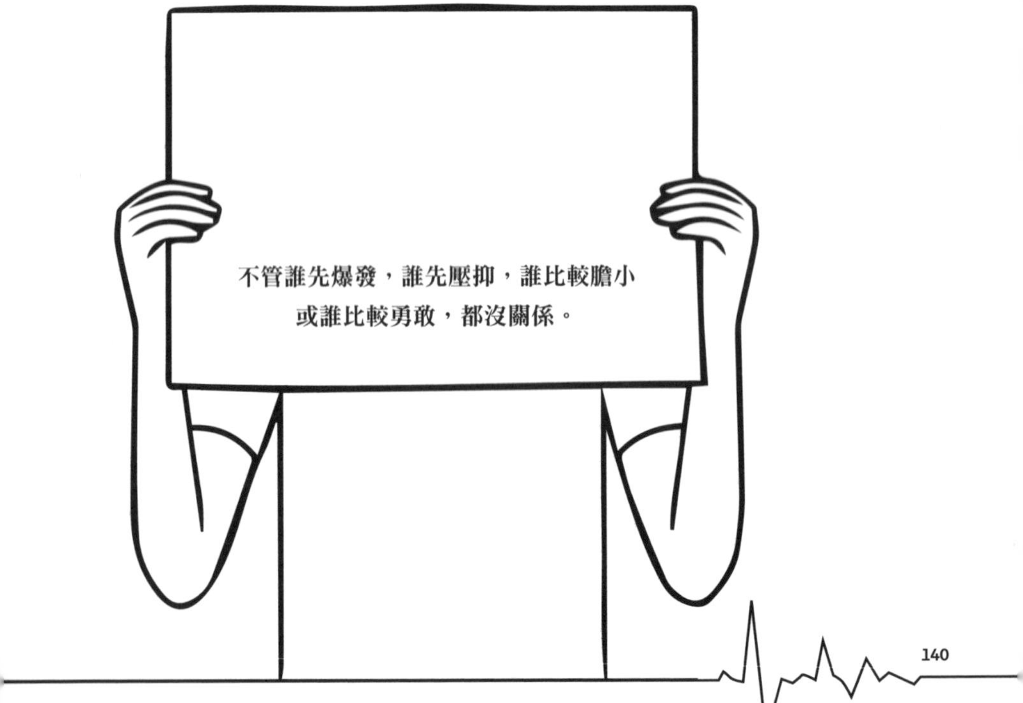
不管誰先爆發，誰先壓抑，誰比較膽小
或誰比較勇敢，都沒關係。

「像這種時候，要笑啊……」——電影《我們家》

長男，若葉浩介。次男，若葉俊平。

看電影當時的心境，很容易與電影情節某些部分產生重疊的既視感，因而在放映首日的下午場，下班人潮還未湧入的戲院中，反倒擁有比較寬敞的空間留白，彷彿自己不是坐在舒服的放映廳座椅，而是走入銀幕之中。也許就站在長男浩介身旁，跟他一起陪伴母親等待門診叫號，或跟著次男俊平拿著他母親的斷層掃描片子，現場抽了號碼牌，護士小姐說，可能要等兩個半小時，對，就是那些場景，那個門診之外等待的長椅上。有過類似經驗的人，都可以走入銀幕裡側，成為路人甲乙丙，因為等待門診的長椅上，再怎麼猖狂的人，都可能被最脆弱的靈魂附身。

長男，浩介，妻夫木聰。次男，俊平，池松壯亮。

最早看妻夫木聰演戲，應該是日劇《Orange Days》，當時覺得這個男演員，雙眼皮那麼迷人，五官如此精緻，應該是走青春偶像路線吧！往後或許戲路受限，沒辦法發揮什麼功力。但妻夫木聰根本不是偶像派，他的演技實力看不到邊界，譬如在三谷幸喜的片子裡耍寶搞笑，或被黑道修理到鼻青臉腫，或者像電影《惡人》《東京家族》的角色，情緒都滲入骨子裡了，那不是演戲，好像妻夫木聰生來就是電影角色的「實體人」。

對於池松壯亮的印象則是來自日劇《MOZU》，在西島秀俊、香川照之、真木陽子、長谷川博己、小日向文世這批戲精的夾攻之下，池松壯亮在忽男忽女的角色之間跳躍，毫不青澀。在《我們家》這部電影的次男角色，先表現了次子的撒嬌跟頹廢，再反彈出一夜之間成熟懂事的落差，我一直都在不同的戲劇裡面觀察到池松壯亮這個演員，包括在《紙之月》跟影后等級的宮澤理惠尬戲，在《比海還深》那位跟在阿部寬身邊的小同事，他跟妻夫木聰一樣，實力沒有邊界。

電影改編自作家「早見和真」以親身經驗書寫的小說，但真實情況並不是兄弟兩人，而是獨子承受了家庭巨變。早見的母親在二〇〇八年因為腦部腫瘤，被醫師宣判餘命只有七天，他將不斷找尋可以為母親動手術和積極治療的過程書寫成小說，於二〇一〇年開始連載，二〇一一年以《砂上のファンファーレ》為書名發行單行本，早見的母親經過五年鬪病，在二〇一三年過世。

導演「石井裕也」花了三年的時間，親自編寫電影腳本、選角、擔任影片製作人，決定將獨子改寫為兄弟二人。他在受訪的時候表示，讓獨子承擔這種事情的壓力太大了，如果有個兄弟可商量，應該好很多。二〇一四年電影上映，原小說以電影同名《ぼくたちの家族》發行文庫本。

以遠離都心的新興住宅區為背景的小說故事不少，譬如「湊佳苗」的《夜行觀覽車[1]》。為了滿足一生總要擁有獨棟住家的夢想，這些新市鎮或許圓了許多家庭對於「家」的想像，卻也因為長年的房貸壓力，或許家的外型雖然完整，但家的內裡卻逐漸被鏽蝕掏空，而有了許多衝突。

可是若葉家，看起來，除了母親記憶越來越不好、經常會自言自語、叫錯媳婦的名字之外，好像沒有什麼嚴重的問題。直到看完斷層掃描的醫生，宣告了母親的餘命，僅僅一個禮拜，這個家的問題，像猛爆型病毒，瞬間噴發。母親的病，父親公司的負債，父母向高利貸的借款，以兒子之名為擔保的房貸，七天之內，父親與兒子、哥哥與弟弟，以及哥哥與懷孕妻子的關係，還有母親和時間互相搶奪的餘命，太多戲劇可以誇張的元素，照理要撒許多重口味的調味，否則怎能盡興？但那些過於猛烈的手法，在這部電影裡面並沒有出現，頂多就是母親在門診的尖叫或病房內的吵鬧而已，多數時候，這家人，也就是那三個負責在一週之內努力把問題解決的男人們，尤其是兄弟兩人，非常努力地把母親、父親，或者說，整個家庭，包括原本有點冷淡的婆媳關係，和未來即將出世的小孫子，一個一個面對解決，像棒球場上的頭部滑壘一樣，有點驚險，但總要拚一下。

得知餘命只有七天的母親，或許是腫瘤壓迫了腦部記憶的部分功能，返家之後，笑著拿起茶杯，替窗台的仙人掌澆花，對身後一臉愁容的長男浩介說：

「像這種時候，要笑啊……」

總會有辦法解決的啊，只要是家人一起想辦法，雖不到肩膀搭著肩膀喊「嘿嘿吼」加油，畢竟那樣太像勵志童話了，但是若葉家的兩個兄弟，即使是背負很多難題與責任的哥哥浩介，或一直保持著大學生宅男一樣樂觀的弟弟俊平，都有他們默默支撐著父母的心意，不管誰先爆發，誰先壓抑，誰比較膽小或誰比較勇敢，都沒關係。

所以，當「鶴見辰吾」飾演的那位白髮醫師，給了弟弟俊平一線曙光時，經歷過醫院等報告或在各診間流浪的人都知道，那樣的曙光，多麼重要。或許有救，或許不是那麼悲觀，即使只是很簡單的訊息，就算醫師是初次見面，就算他一整天看診也已經很疲憊了，但是弟弟俊平說：「醫生，我可以跟你擁抱一下嗎？」醫師問他，「已經跑幾家醫院了？」「第十家……喔，其實是第六家……」「你身上有錢搭計程車嗎？其實我家也有一位像你一樣的笨兒子……」

不好意思，透露了劇情，真不應該。但是在戲院裡面，因為這段情節，眼淚就不停止了。

還有，穿著白襯衫的哥哥浩介，喔，不對，是妻夫木聰，早就不是偶像明星，他是實力派啊，完全是。

「像這種時候，要笑啊……」

絕對要記住這句話。

1 觀覽車為日文的摩天輪。故事背景為住宅區，由一樁謀殺案開始整個故事。時報出版社。

熟年之後的快樂是平淡

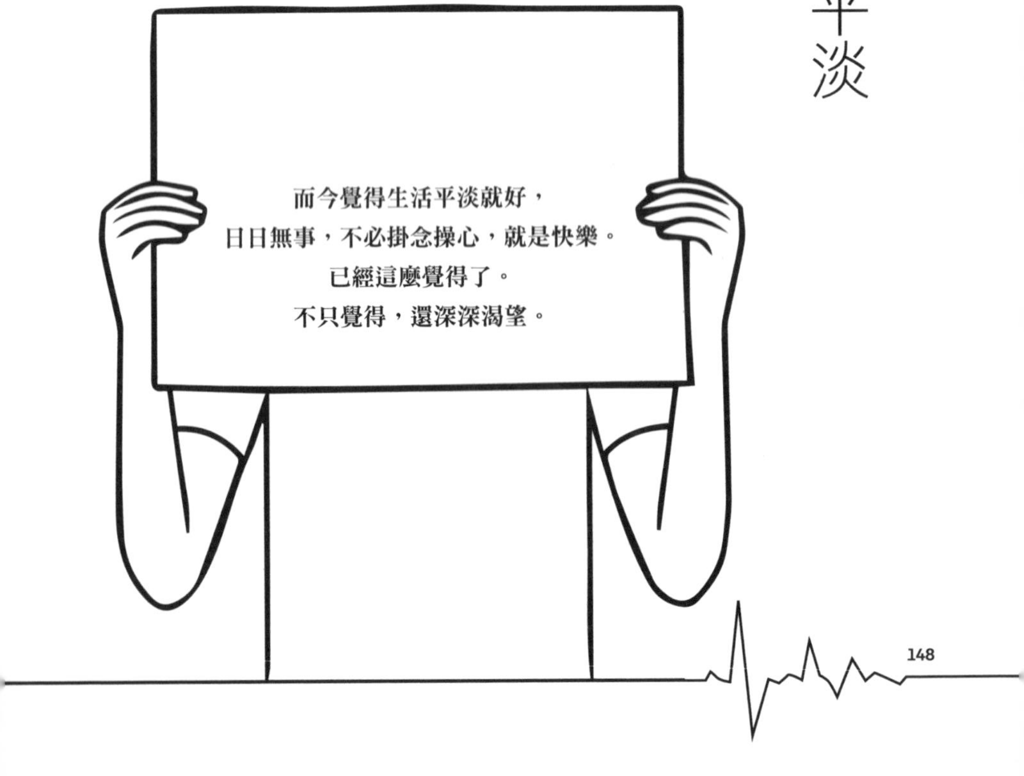
而今覺得生活平淡就好，
日日無事，不必掛念操心，就是快樂。
已經這麼覺得了。
不只覺得，還深深渴望。

以前覺得，所謂的快樂，必須很具象，像煙火一樣。黑夜裡，啪啦啪啦，亮亮閃閃，像滿天落下的銀花。虛榮也沒關係，起碼要虛榮得很亮麗。

喜歡的人就一定要緊緊擁抱成一個圈子，既然在同一個圈子就要常常碰面，去吃飯，去KTV，去看電影，一起蹺班，一起旅行。不只自己感覺幸福，還要讓旁人羨慕。生日的時候起碼要排滿一個禮拜的聚會，聖誕節不能一個人落單，到場朋友人數的多寡，拿來驗證自己人氣的多少。假期必須填滿，出國必然要狂買東西，返家把行李箱打開，戰利品攤在床上，拍照上傳網路炫耀，那叫做旅行歸來的快樂。

以為天長地久是必然，如果有親人朋友或寵物離世，會崩潰，會不解，然後以文字訊息在網路互擁哭泣，無法接受無法接受，就連轉身走入日常都覺得不應該。

我羨慕那樣的自己。理所當然的傲嬌，開心或悲傷都不顧後果，自以為冷靜理智卻橫衝直撞，不管是討厭人或被討厭都用盡力氣，因此烙下深淺不同的傷疤之後，漸漸才懂得為人著想。

過了中年，沒那種心境和體力了，至多就站在可以俯瞰煙火的二樓陽台，吹著巷弄涼風，雖不到憑弔那般壯烈，多少有昨日黃花的蒼涼。說來好笑，我最近越來越懂這種心境了。

嗯，對的，站在二樓陽台，身體靠著生鏽的欄杆，探頭往長巷的裡側，看那些穿著花洋裝花襯衫的年輕人，一手拿著啤酒罐，一手拿著仙女棒，往煙火噴發的大馬路那頭奔跑。我常常夢見那樣的畫面，因為自己穿不下花洋裝花襯衫而嚇醒，明白那是夢，或有隱喻，想一想也就釋懷了。

而今覺得生活平淡就好，日日無事，不必掛念操心，就是快樂。已經這麼覺得了。不只覺得，還深深渴望。

盡量好睡，盡量天光自然醒來，規律過活已然成為功課。夜裡千萬不要突然清醒，因為重新入睡的能力正在衰退。熬夜失去的精神氣力，毫不客氣在體內挖出空洞，以前可以靠狂睡補足，現在想要狂睡也無法。

可是飯後往沙發一坐就很睏，如何睡去也不知，即使短暫幾分鐘，卻像熟睡到天涯海角，醒來覺得飽足，但是錯過的連續劇很難銜接，只好把支離破碎的情節，靠重播時段複習，真是老人症頭。

被菜市場某某攤販稱呼大姊阿姨時，還是會忿忿不平，感覺像是棒子夯過來，打中眉心，痛得要死，氣到像噴射機一樣揚長而去。已經發現腿骨不像以前那般勇健了，蹲著不太容易，站起來更花力氣。最近摸到臉上的法令紋都已經鑿出明顯的溝，好吧，那就承認老了，不過自己清楚就好，旁人說得太明白，還是不開心。

變胖容易，變瘦很難。身體突然出狀況，就開始胡思亂想，狀況解除時，就想小小揮霍一下獎勵自己。一旦這麼想，胖也無所謂了，健康就好，節食是以前的功課，現在的作業是養生。

結交新朋友的速度跟態度都放慢下來，關於人生交際的硬碟空間越來越小，可以一起歡樂的酒肉朋友就算不聯絡也不覺得可惜，該刪除的不眷戀，覺得珍貴的就四處備份，會在內心留下位置給值得牽掛生老病痛的至親摯友。老朋友也不只交往的年分夠老，一起變老的年分也夠長，以前靠爛朋友磨脾氣，現在靠好朋友延年益壽，朋友不必多，過了中年，留下相知相惜的就好，類似「精選集」的概念。

然後就變得很愛哭，一點點小事情，勾到內心一絲絲脆弱的線頭，就哭了。也不會哭太久，抽一張面紙，擤一下鼻涕，又轉身去做些普通到不行的雜事，譬如，洗碗、摺衣。平平淡淡。

最怕突然生病，就算是慢慢老去的過程，累積起來也很折騰。一旦被要求做什麼檢查，就不斷擔心直到聽完報告為止。坐在門診外頭，看著燈號變化，感覺歲月流失，比自己更脆弱的人在那四周，提示了生命來來去去的必然，只能鼓舞自己快樂一點。聽完報告，無事安心，就去吃些喜歡的料理，或回家途中去租DVD，最好是喜劇，動畫也好，看過的再看，沒什麼關係。

朋友說他的朋友倒下之後就走了，家人說有個親戚突然就離開了，這些斷斷續續的消息，四處埋伏，不定向襲來。慢慢把自己訓練成銅牆鐵壁一樣堅強，才知道變老不全然是壞事，雖然壞事還是比較多。習慣無常如常，原本就是學習。

時時警惕自己，不可以變成討厭的長輩，不要對親戚的小孩追問結婚了沒生小孩了沒加薪了沒，畢竟自己以前也很討厭被這樣修理，畢竟每個人都有自己要去攻打的道館，顧好自己的神奇寶貝就好。

不可以對新事物新流行失去探索的興趣，對於新科技要有學習的熱誠，否則真的老了，學不會新介面就別想搶到年節熱門時段的車票機票，連訂房都很困難。

喜歡的打扮就繼續喜歡，沒必要為了迎合別人的觀感去改變什麼。年輕時愛穿橫條紋就繼續橫條紋，變成老爺爺老奶奶也可以穿垮褲配球鞋或寬褲配牛仔外套。白頭髮的好處是想要染什麼淺色系不必預先漂白，這麼想，就覺得很無敵。

要準備好如何去面對父母的老去，也要思考自己需要被照顧的時候，可以提前做什麼準備。這是人生後半段最困難的部分，相較起來，那些打玻尿酸除皺紋或雷射去斑的事情，根本雞毛蒜皮。

一切如常，就是快樂。就算沒有熱鬧的儀式也不會感覺空虛，只要知道遠方的親人朋友平平安安，就會開心很久。

因為懂得無常了，所以每天醒來，睜開眼睛，看見天光，一切如常，平平淡淡，就很快樂。

人生登出模式

3

轉身卻未曾離去的樹木希林

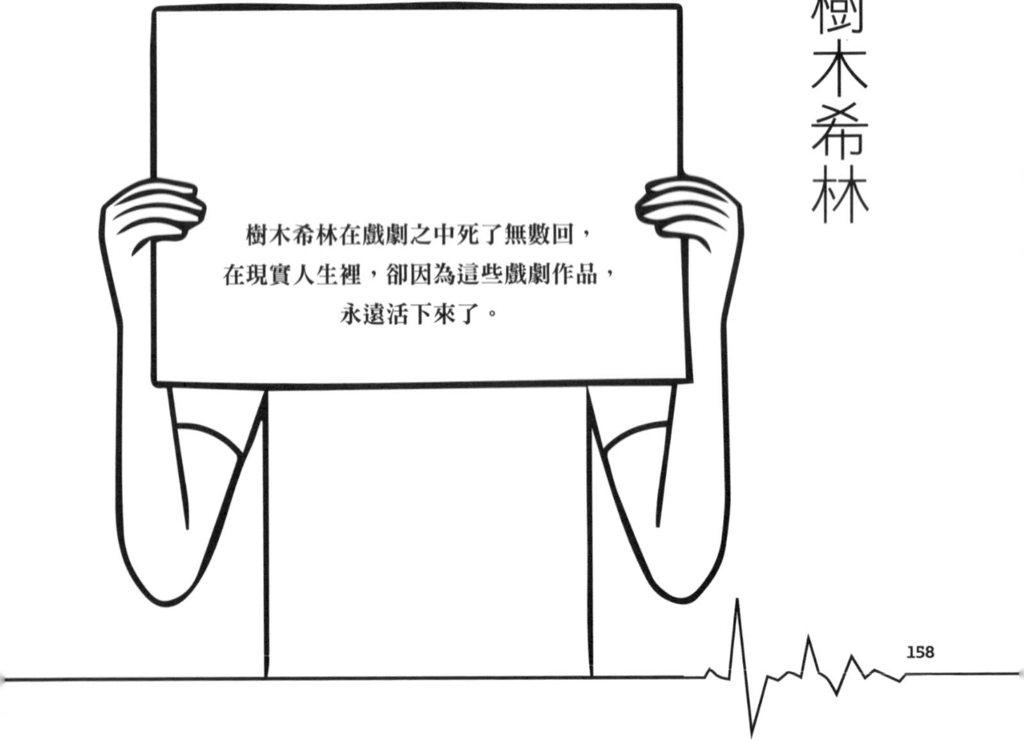
樹木希林在戲劇之中死了無數回，
在現實人生裡，卻因為這些戲劇作品，
永遠活下來了。

自從二〇一三年，以《我的母親手記》二度獲得日本奧斯卡最佳女主角，公開癌細胞轉移，說著她罹患「全身癌」時，每次在電影之中和樹木希林的角色相遇，大抵都做好了跟她告別的心理準備。因此手機傳來日本Yahoo快訊得知她離世的消息時，雖然內心還是有個角落出現緩緩的剝落，如碎石掉落池面，發出咚咚咚的聲響，但隨即在腦海出現的，卻是她過去演過的許多角色，那不是記憶殘影，那是提醒自己要持續冒險的樣子——那是樹木希林作為演員，生為人的樣子。

沒有經紀人，因為怕突然死掉會讓人麻煩

我是在《東京鐵塔：老媽和我，有時還有老爸》才注意到樹木希林，當時覺得，這演員的氣場好強，那不是演技的問題，而是真實人物的重現，活脫脫就是原著作者Lily Franky母親的那種樣子。但是等到她飾演了以文豪井上靖生平為雛形的電影《我的母親手記》，那位半夜吵著要找過世丈夫葬禮奠儀本子

的母親時，又覺得她那自然的模樣莫非正經歷失智的折磨？但那都是樹木希林，一個三十一歲就在向田邦子撰寫的《寺內貫太郎一家》劇中超齡飾演七十歲阿嬤角色的日本表演者。

把時間序列攤開來，二〇〇三年樹木希林失去一眼視力，二〇〇四年罹癌，二〇〇七年以《東京鐵塔》獲得日本奧斯卡最佳女主角，二〇〇八年《橫山家之味》，二〇一〇年吉田修一小說改編的《惡人》，二〇一一年《奇蹟》、二〇一二年《我的母親手記》奪下第二座日本奧斯卡最佳女主角、二〇一三年《我的意外爸爸》，二〇一五年《戀戀銅鑼燒》拿下第三座日本奧斯卡最佳女主角，同年還有《海街日記》、二〇一六年《比海還深》、二〇一八年《小偷家族》，這些電影，我都看過，有些片子，還反覆看過好幾次。

她沒有經紀人，都是自己接電話，回覆傳真，記錄行程，因為害怕自己突然離開，會給經紀人帶來麻煩。即使像公開病情或長年分居的丈夫因為騷擾交往對象被警方拘捕時，她都坐在自家客廳椅子上召開記者會。記者問她癌症治療的過程，她哈哈大笑：「你們該不會是想問我什麼時候會死吧！」而她也不避諱開自己玩笑：「一直都沒死，好像變成詐欺了。」

樹木希林在得知自己罹癌之後，就慢慢去改變她的人生觀，不再添購衣物，每天丟掉一件用不到的東西，電影結束之後就把劇本丟棄，自己去找墓地，因為想要死後一抬頭就可以看見櫻花。

是枝裕和導演在這幾天受訪時提及，今年因為電影《小偷家族》出席坎城影展時，樹木希林已經知道癌細胞轉移到骨頭，那時，她就開始進行所謂的「終活」——臨終活動。她去拍遺照，曾經說過，癌症對她來說是一件好事，讓她有時間去做好準備，改變她看待世事的眼光，「人們會因為明年可能看不到這個人，而認真跟我交往。」

她在之前因為跌倒骨折入院手術，根據與她親近的演員淺田美代子描述，樹木希林在出院返家時，不是坐輪椅，而是自己用助行器走進家門。以前樹木希林曾經說，能夠死在自己家裡的榻榻米床上，是現代人很奢侈的願望。而她在女兒女婿孫子等家人的圍繞之下，在自家床上嚥下最後一口氣。

我漸漸衰老的樣子，你要好好看清楚啊！

這幾天我又重新看了樹木希林的電影。以九州新幹線開通作為故事背景的電影《奇蹟》裡面，樹木希林飾演的阿嬤角色是比較歡樂的。短鬈髮，鮮豔的口紅，埋怨來家裡喝酒的老男人們上廁所都對不準。隱約知道孫子要離家去冒險，若無其事說著「阿公做的『輕羹』甜點很好吃喔！」看著與丈夫分居的女兒，跟不住在一起的小孩講電話講到哭泣，她一邊遞上面紙，一邊一把搶過話筒，跟小孩說：「就算沒有住在一起，我們是有血緣的親人喔！」

有一小段情節，努力學跳草裙舞的她，坐在餐桌前，比著草裙舞的海浪手勢，問孫子，猜猜看這是什麼？孫子毫不猶豫回答，是鬼魂。

我竟然笑出來了，就在得知樹木希林過世的當天下午，看著電影的這個情節。就算早有心理準備，但是真的來了，也只能不斷重溫她的電影，當作憑弔的儀式。

重新又看了不知道第幾回的《比海還深》。得過文學獎卻一直不得志的兒子「良多」，在父親的葬禮過後回到家裡探視母親，母子兩人吃著用玻璃杯冷凍的可爾必思。飾演良多的阿部寬說，葬禮隔天就把父親的東西都丟掉，「這是一起生活五十年的夫妻做得出來的事情嗎？」飾演母親的樹木希林則是回答，「就是因為牽手五十年才有辦法啊，這個太深奧了，你不懂！」「少了可以吵架鬥嘴的老伴，妳要多交朋友，才不會失智。」「唉，這年頭交朋友，只是增加葬禮的觀禮人數而已啊！」

樹木希林用她那幾乎是自言自語的碎唸口吻說著：

「我漸漸衰老的樣子，你要就近好好看清楚啊！」

「久病臥床不起，或是孤獨死之後來託夢，良多，你要選哪個？」

「前陣子我看到一隻蝴蝶一直跟著我，我猜大概是你老爸，我跟他說，我會幸福活下去，不要太早來接我。」

「人死了之後再思念也是枉然，還在的時候，要好好『那個』才行。」

「到了這個年紀，沒有愛過什麼『比海還深』，一般人應該都沒有，才有辦法開心過每一天。」

「兒子，我說了了不起的話，記得寫進小說裡。」

對於母親的呢喃自語，兒子良多重複說了兩次：「拜託，別發出那種快要死掉的聲音啦！」

因為戲劇，她永遠活下來

樹木希林幾乎很難讓人看到她「表演的破綻」，尤其在是枝裕和電影裡，好像是自然不過的一個故事人物恰好在那個位置。

自從二〇〇四年一眼失明之後的這十四年間，樹木希林持續演出三十部電影，包括一部即將上映的電影《日日是好日》和計劃二〇一九年上映的《ユリカ38》，其中有六部是枝裕和的電影，拿下三座日本奧斯卡大獎以及其他影展獎項無數。誠如她在公開受訪的時候所說：「人在面對病痛的時候，不要踩煞車」。親近她的友人說，「鬥病」這兩個字實在不適合放在樹木希林身上，她只是接受了，然後也不打算踩煞車，持續工作，把麻煩到別人的事情降到最少程度而已。

電影《橫山家之味》最後有段情節，兒子一家在公車站等車返回東京時，樹木希林飾演的母親突然說要跟他們握手，兒子扭捏抱怨：「幹嘛這麼正式啊！」公車駛離之後，樹木希林跟飾演父親的原田芳雄，走了長長的石階返家，她腳上的木屐，發出刺耳的回聲。

真實人生裡，原田芳雄早幾年走了，樹木希林此刻才出發，橫山家的兩人，應該在天堂敘舊了。在那裡等待的，還有四十四年前一起演出《寺內貫太郎一家》的西城秀樹，他前陣子也出發了。

樹木希林在戲劇之中死了無數回，在現實人生裡，卻因為這些戲劇作品，永遠活下來了。往後我再重溫這些電影，不管是《比海還深》劇中，颱風遠離的清晨，目送家人離開，在樓上揮手的樹木希林，還是《橫山家之味》那位穿著木屐爬上石階的樹木希林，或是《小偷家族》那位喜歡打小鋼珠的樹木希林，大概都會淚流不止吧！

人生的登出模式

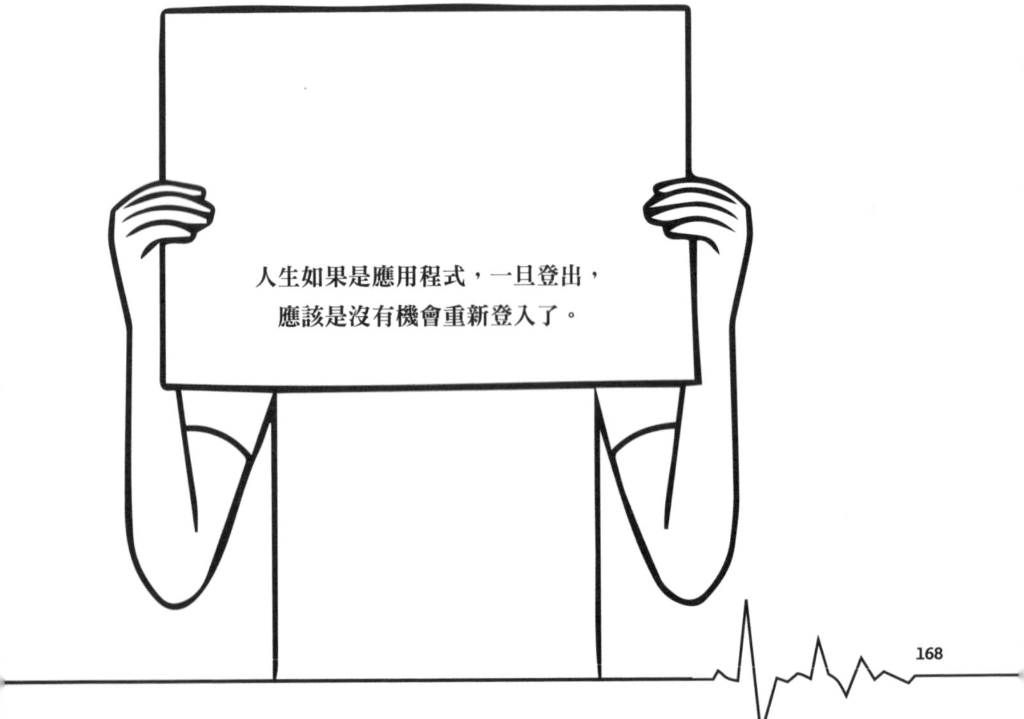
人生如果是應用程式，一旦登出，
應該是沒有機會重新登入了。

過去這一年，日本有兩位知名女主播離世，一位是三十四歲的「小林麻央」，一位是五十二歲的「有賀さつき」。

小林麻央是歌舞伎演員「市川海老藏」的妻子，在嫁為梨園之妻之前，她在日本電視台和富士電視台的主播與報導工作都非常出色。二〇一四年發現罹癌並未公開，和病魔奮鬥了一段時間，二〇一六年由丈夫召開記者會說明她罹患癌症四期的事實。那年的九月一日，小林麻央開始書寫部落格「KOKORO[1]」，直到二〇一七年六月，過世前三天，總共發表了三百五十二篇文章。許多癌症病友從她的部落格得到抗癌的勇氣，小林麻央也被英國BBC選為「年度女性一百人」。

有賀さつき則是一九八八年進入富士電視台擔任主播，一九九二年退社之後參與各種節目演出，同時在大學授課。與電視台上司有過一段婚姻，育有一女。二〇一六年開始，曾與她在富士電視台共事過的前輩，發現有賀在那兩年消瘦不少，有賀一概以「減肥成功」來回應，也曾經跟前輩透露自己佩戴假髮，是為了讓髮量看起來比較蓬鬆。之前有賀曾經透露，因為要照顧父母的關係，可能從二〇一七年開始停止演藝事業。沒想到二〇一八年一月三十日，有賀在醫院病逝，直到二月五日才被媒體披露。她身旁的摯友與工作伙伴，沒有人知道她與病痛奮鬥的過程，就連她的父親在受訪時都表示，原本只知道女兒前陣子住院，沒想到接獲醫院通知時，已經是女兒的死訊了。至於病因究竟為何，依照有賀本人的意願，不管是醫院方面還是家屬，都不會公開。

小林麻央留下一雙稚齡的兒女，有賀さつき的女兒也才十六歲。

同為主播界的「宮根誠司」在日本電視台的情報節目中，對於這兩位同儕的逝世，表達了他個人非常深沉的感觸。他認為，像小林麻央那樣，把自己的病因公開，讓世人看到她和癌症搏鬥的姿態，是一種勇氣，可是像有賀さつき那樣，不只對身邊的朋友同事隱瞞，甚至連家人都沒有透露，一切痛苦和不安都由自己承擔下來，獨自走向來世，也是一種勇氣。每個人對於死亡的想法都不同，不管是公開與病魔搏鬥的小林麻央，還是什麼都不透露，一個人出發去

天國的有賀さつき，都想要對她們表示敬意。

如果是關係到生死的病情，究竟應該向家人朋友公開，一起度過鬪病[2]的考驗？還是什麼都不說，默默地自己去門診、做檢查、追蹤、手術、治療呢？

把不安跟恐懼切成一塊一塊分出去，不管是透過文字書寫還是語言交談，多少都有稀釋負面情緒的療效，但同時也有治療過程接收太多建議而舉棋不定的困擾。來自親情友情的倚靠與安慰固然可以讓自己較為堅強，可是要面對各方湧入的偏方或某某人做了什麼吃了什麼就能奇蹟復原的鄉野傳說，有時也很苦惱。自己要處理自己的思緒和病情已經很費力了，還要去顧慮他人的憂傷，可能也會覺得力不從心吧！

那麼，什麼都隱瞞得好好的，任何恐懼不安都想辦法在自己的身體與情緒裡面消化掉，雖然自己清楚生命終點的界線，但是對於突然接獲噩耗的親友，因為什麼過程都沒有參與，什麼痛苦都沒能分擔，因此覺得自責和遺憾，應該也很殘忍吧！

二〇一八年初始，日本野球界也走了一位傳奇人物「星野仙一」。雖然在二〇一六年七月被證實罹患胰臟癌，但是星野監督選擇不公開病情，二〇一七年底他還神采奕奕出席球界為他舉辦的「入選野球名人堂」慶祝會。據說在那之後狀況急轉直下，過世之後才由樂天球團代為發布噩耗，完全遵照星野監督生前強烈的要求，果然徹底貫徹了他在人前堅強的硬漢形象，而他在樂天球團的77號球衣，也將「永久欠番[3]」，成為星野監督個人專屬的球衣背號。

在星野監督的追思會上，與他從大學時期就相識超過五十年，也同為二〇〇八北京奧運教練團成員的「田淵幸一」提到，去年他自己因為一場手術住院，前來探望的星野監督還替他打氣，沒想到那個時候，星野監督自己也正在跟癌症對決。

人生如果是應用程式，一旦登出，應該是沒有機會重新登入了。只是登出的模式選項，再怎麼厲害，再怎麼聰慧，總沒辦法如自己意願安排好。以前讀過上野千鶴子與小笠原文雄醫師的對談紀錄《一個人也可以在家臨終嗎[4]？》，有個段落就提到，跟突然發生的意外事故喪生和多年臥病死亡的情況比較起來，有期限的末期癌症，反倒是同時可以讓逝者與生者慢慢有所準備，也就是日文裡所謂的「納得死」。畢竟意外事故發生時，或許逝者的痛苦很短暫，可是對生者的衝擊最劇烈，而久病臥床對逝者跟生者都是長久的身心折磨，那麼，末期癌這種有期限的臨終，反而可以讓逝者跟生者都能理解且慢慢接受分離的事實。然而選擇誰都不說，自己走上臨終之路，盡量不麻煩到任何人，也算是登出的另一種選項了。

---

1 https://ameblo.jp/maokobayashi0721/

2 日文用法，指與病魔搏鬥。

3 日文棒球術語，意指為了表彰球員的偉大貢獻，球衣背號與球員一起引退，往後不再被其他選手選用，譬如東京讀賣巨人隊「永久欠番」的1號球衣，專屬於王貞治。

4 《上野千鶴子が聞く　小笠原先生、ひとりで家で死ねますか？》朝日新聞出版，二〇一三年。

他人的哀傷

分離當時的眼淚，跟往後長久的思念，
是很個人的私事，我以為離去的人應該
不會希望活著的人一直那麼悲傷吧！

日本歌舞伎演員「市川海老藏」在妻子過世翌日，依然登台表演，在日場與夜場的表演空檔召開記者會，向大眾報告妻子已經出發去了另一段旅程。爾後他依然持續歌舞伎的工作日程，許多情緒藉由頻繁更新的個人部落格記錄下來，包括跟小孩玩相撲，陪他們睡覺，牽著女兒上幼稚園，帶著兒子去歌舞伎練習場排演，也因為更新過於頻繁，竟有人留言直指這樣的行為對於一個喪妻的人來說，「不正常」且「不謹慎」。海老藏因此道歉，希望讀者體諒他這段時間的心靈依靠，除了兩個子女和工作，就只有書寫部落格了。

為什麼要道歉？我是個長期追蹤海老藏與他妻子小林麻央的部落格讀者，看到一位專業歌舞伎演出者，同時是四歲與五歲小孩的父親，在失去妻子之後，持續在工作崗位上，想辦法以父親的角色填補母親不在的空缺，像部落格這樣雖是公開但其實只是書寫個人情緒的地方，為什麼還要因為讀者的批評而道歉呢？

二〇一六年台灣發生「女童隨機殺人案[1]」時，也有不少人在網路批判女童父母的態度過於冷靜，不是典型受害家屬的模樣，不但嚴厲抨擊，還揣測他們的動機，扣上帽子。

小林麻央在抗癌末期，選擇在家療養的臨終模式，可以跟家人共度此生最後的時光，可以好好說再見，可以彼此理解，失去雖然悲傷，但已經有了道別的勇氣。

有生的喜悅，就有死的悲傷，既然來到這世間，就一定要走完一整套流程。因此從網路得知小林麻央離世的消息時，最直接的反應是打從心裡表達這樣的祝福，「長久以來，真是辛苦了！」

我們終究只是旁觀他人的哀傷，那些質疑失去妻子的丈夫為何還要持續表演工作的人，或認為所謂的守喪期間不得如何如何的指責，到底是怎麼了？我們以為處理哀傷的方法是什麼？我們只是預期看見一個「典型的」「符合期待的」「一個失去親人摯愛從此一蹶不振」的人，希望他們哭泣、咆哮、在地上打滾，虛弱得要人攙扶，然後再指指點點說著那種「應該早日走出悲傷」的風涼話嗎？

好殘忍。

每個人處理「失去」的方法不同，想辦法維持日常，說不定是活著的人跟逝者之間默默心靈相通的約定與默契。如果他們之間有時間討論到生死，決定了某一方離去之後依然互相理解的人生方式，那麼，不相干的旁人到底在囉唆什麼？

我想起國中一年級，阿公久病臥床一段時日之後辭世，民風純樸觀念封閉的小村落，對於鄰人的喪禮往往七嘴八舌，彷彿談論八卦那樣。我看著阿姆、母親、阿嬸這三個媳婦輪流三餐拜飯，必要哭出聲音來，多事的鄰人會跑來偷聽，評斷誰哭得大聲，代表誰比較孝順。然而那哭聲從此成為我內心陰影，就連那時在大廳擺放的白色黃色花卉過於濃烈的香氣與腐朽之後的發酵酸味也加深了負面的厭惡感，往後一旦嗅到類似的氣味，就掉進情緒的洞穴裡。

旁人關注喪禮前前後後的子孫「友孝」與否，請來的孝女白琴剛剛拿著麥克風喊著阿爸阿爸，下一秒卸妝之後坐在那裡剔牙，我在廊下看見那一幕，那時年紀太小，只覺驚嚇，無法理解。

守喪其間，女眷們在廚房水槽邊洗菜切菜洗碗盤，不知道說了什麼事情，笑了出來，很快就被長輩訓斥。可是孝男孝女孝媳孝孫一同跪著做了好幾輪的旬，竟也安插一段道士們的詼諧劇，據說是傳統習俗之中，為了讓後輩遺族心情好一點，想辦法表演一些笑料，按習俗得開心笑一下，可是那時我完全笑不出來。

往後我總是藉由過往相處的回憶，在尋常的日子裡，出其不意的瞬間，思念著逝去的親人。舉凡景物或食物的回憶，黑白照片的回憶，家人聚在一起閒聊的回憶，那種時刻會有一些哀傷，但隨即被記憶的甜美填補。譬如走到城內關帝廳，看到廟旁的二樓窗口，會想起那年前去探視四姑時，一起在客廳看了奧運體操轉播；吃著菜豆稀飯的時候，會想起阿嬤；冬日醃漬菜頭皮的時候，會想念一邊抽菸一邊搧扇子的外婆。

國三那年，外婆過世，告別式之前，有一天做女兒旬，舅媽是媳婦身分，特別把廚房讓給母親和幾個阿姨們，那是我第一次看到母親跟幾個姊妹擠在廚房嘰嘰喳喳做菜。她們都生於戰爭時期，同母異父，那樣子擠在廚房做著外婆生前愛吃的菜，說著外婆的脾氣和趣事，我站在廚房的矮窗旁，看著那樣的人生風景，覺得人世的來來往往，不就這般。後來讀「向田邦子」小說改編的電影《宛如阿修羅》[2]，電影裡的幾個姊妹在喪禮互相拌嘴，就會想起當年那一幕景象，好幾次希望外婆入夢來，想跟她分享那段往事。

分離當時的眼淚，跟往後長久的思念，是很個人的私事，我以為離去的人應該不會希望活著的人一直那麼悲傷吧！如果可以回到日常，記得快樂，記得思念，那也不必為了旁人的眼光或謹慎不謹慎的批評而刻意表現得灰暗與脆弱。何況有些悲傷是非常內心的，可能是靜靜一個人的時候，可能是某個轉身，看到窗邊的一道光線，發現冰箱裡的一罐醬料，書本裡的一張便條紙，就默默掉淚，或大哭一場。這是不必跟陌生人交代的情緒，這是個人要處理要克服的，關於失去，以及因為失去必須學會的釋懷。

年初天冷的時候，失去一位驟逝的朋友，毫無苦痛，突然就離開了，好像插頭一拔，啪一聲，斷電了。聽到消息時，大哭出來，另一位朋友在車站月台也說他大哭，但之後我們不曉得說了什麼，又不約而同互傳訊息，說自己笑了出來。兩個月後，我到日本大阪旅行，走在天王寺周邊約莫攝氏十五度的冷天裡，突然想起那位離開的朋友，她生前來過這個地方嗎？但她現在應該有更棒的旅行了吧！那樣想的時候，反而覺得突然湧上來的思念是很甜美的憑弔。離開的人被許多人在不同的情境裡想念著，應該是很奢侈的情分，雖然我不知道她是不是也正想念著大家，但是以她的個性脾氣，應該討厭大家哭哭啼啼，倘若一直沮喪，提不起勁工作，她會氣到翻桌。

因此，看到一些不相干的人，以文字留言去指責或揶揄失去親人的他人，該如何遵循守喪者的「本分」或「謹慎」時，我內心只覺得，這才是不謹慎的多事吧！你們又如何知道，失去至親摯愛的人，是怎樣努力讓離開的親人不至於牽掛。旁觀他人的哀傷時，如果不是親近到足以在身邊陪伴或傾聽的程度，就不要舉著關心的旗幟去議論紛紛，那沒有任何意義，只是傷人而已，關於他人的哀傷，一點忙都幫不上。

1 二〇一六年內湖隨機殺人事件，又名「小燈泡事件」。

2 麥田出版社。

四十歲的同窗會……可是田村先生還沒來，而SMAP解散了

四十歲開始，
才是人生美好的重新戰鬥部署起點，
過去仗著青春才得以囂張過日子的氣焰，
剛好可以在這裡畫一條分隔線。

在高鐵車站書店看到《田村先生還沒來」》的封面時，腦袋隨即浮現「井上荒野」的《獻給炒高麗菜》。回家之後，從書架抽出安靜站立在書群之中，看起來仍然神采奕奕的《獻給炒高麗菜》，翻開書末版權頁，哇，果然是同一個封面設計「霧室」的作品，書架上面還有霧室的另一本設計，井上靖的《我的母親手記》，也是很愛的一本書啊，那就，讓這些書站在一起吧！

好像發現什麼了不起的祕密，站在書架前方傻笑了好一下子，用這樣的情緒開始翻閱「朝倉可斯蜜」寫的這本《田村先生還沒來》，關於一場……四十歲的聚會……在札幌薄野區一家叫做「ciao!」的小酒館，五個小學同學，在同窗會結束之後，先去唱了卡拉OK，大部分的人都趕末班電車回家之後，剩下精力旺盛的這五個人，來到小酒館，等待那個說好要來、卻沒還出現的田村同學。

「田村はまだか」～～田村還沒來？那口氣也許是，「田村這傢伙，怎麼還沒來？」

小酒館老闆靜靜聽這些四十歲的小學同班同學聊天，偶爾會拿出本子記錄客人閒聊的字句。三位男同學喝加冰塊的J＆B威士忌，一位女同學喝IICHIKO「玉極閣燒酎」，另一位女同學只喝KIRIN「惠比壽」啤酒。

他們都在等待遲到的田村同學，於是談論起小學時期的事情。除了田村，班上還有個問題學生「鈴木」，一直關在家裡，拒絕上學，「一次也沒見過那傢伙」。另外還有個清高孤獨的女生「中村」，總是以單手手肘拄著東西，上課被老師點名也不回應，小考總是繳白卷，因為被同學指責態度冷漠，憤而剪短自己的頭髮，接近光頭的程度。中村說：「要是像撕紙一樣啪啦啪啦啪啦地剝開那層東西，我們眼中所看到的一切，根本全部會消失啊」「空無一物喔」「反正人都會死」「總有一天，每個人，一定，都會死的……」然後中村同學在教室裡，狠狠地哭泣。

突然田村同學緩緩站起來說：「正因為橫豎會死，所以此刻，我們才活著。不是嗎？」「難道說橫豎都會尿掉，妳就不喝水了嗎？橫豎會變成大便，妳就不吃東西了嗎？口不會渴嗎？肚子不會餓嗎？水跟食物只是單純變成尿和大便而已嗎？」然後田村同學彎下腰，在中村耳邊說：「我喜歡妳喔！」

在小酒館的五個人，四十歲，小學同學。在田村還沒出現之前，陸續回想自己的近況，工作上的事情，關於愛情、婚姻、不倫……連四十六歲的酒館老闆也加入回想的矩陣裡面，想起自己原本不錯的上班族頭銜和美好的婚姻，因為一次出差與女同事上床因此被降職，老婆從客廳茶几下方拿出早就準備好的離婚申請書，「我和朋友組了一個綠色同盟」「綠色同盟？」「先生退休後就離婚的同盟會」，因為離婚申請書的表格是綠色的，啊，原來如此，老婆內心一直這麼盤算著啊！

從半夜十二點鐘，等了三個小時。五個小學同學，加上一個小酒館老闆，四十代的人生，因為等著一直沒出現的田村同學，所以，他們各自說了一些祕密、一些經歷，當然也遮掩某些不能說出口的事情。畢竟是四十歲的人了，聽到SMAP的〈夜空的彼方[2]〉會眼眶發熱的世代，歌詞有一段這麼說：「我們是否正站在當年所描繪的未來之中呢？」

於是我去YouTube翻找這首歌的PV，這旋律好熟，還有團長中居的頭髮其實還不少，卻戴了帽子。

田村到底出現了沒？當然不能告訴你們。

四十歲再見面的同窗會，小酒館，出現這樣的對話：

「被當成四十歲的人對待，也很不好受呀！」

「不過我心裡的確有一小部分，還滿認命地接受自己被如此對待就是了。」

「也就是說，已經學會狡猾了？」

「這表示終於融入人生了呀……」

作者朝倉可斯蜜（朝倉かすみ）。生於北海道小樽，四十歲才出道成為小說家。也許，四十歲開始，才是人生美好的重新戰鬥部署起點，過去仗著青春才得以囂張過日子的氣焰，剛好可以在這裡畫一條分隔線，人生可以捨棄什麼，或絕對不能捨棄什麼，總算要做個了斷。但是到了七十歲再回顧，說不定會覺得四十歲做什麼覺悟或了斷未免也太嫩了，不過SMAP全員四十歲了，而且SMAP也解散了。

1 麥田出版。

2 夜空的彼方（夜空ノムコウ）是SMAP的第二十七張單曲，原文歌詞為：「あの頃の未来に　僕らは立っているのかなぁ」。

偷窺他的青春

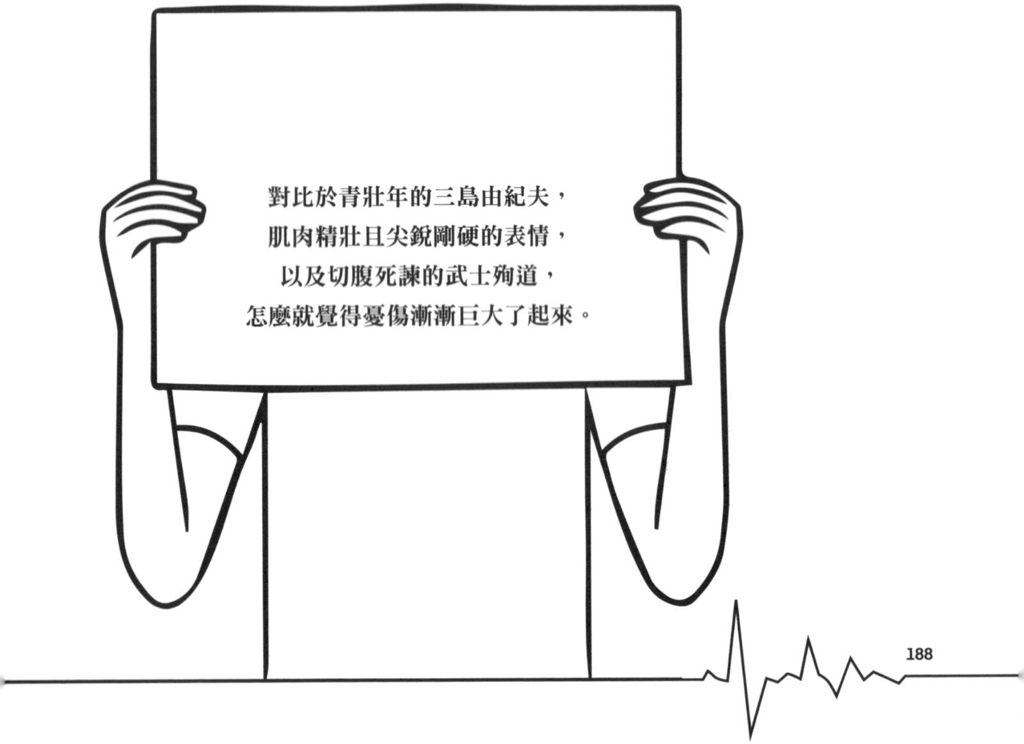
對比於青壯年的三島由紀夫，
肌肉精壯且尖銳剛硬的表情，
以及切腹死諫的武士殉道，
怎麼就覺得憂傷漸漸巨大了起來。

在所謂的「文青」最渴望成為「文青」的年頭，必然要讀過三島由紀夫才有辦法沾點邊，但我那時候到底在幹嘛？或許，我從來沒有在文青的領域裡面，所以，三島由紀夫的小說，好像是模糊記憶裡的某種傳說那樣存在著。

我當然知道他那壯烈的自殺，那又是傳說之中更為神祕的部分，直到這本嵌入螢光黃字體的褐色復古書封，出現在網路書店的某個框格中，我立刻按鍵下單，毫不猶豫地，在三島由紀夫死後的數十年，偷窺他的青春。

台譯本書名為《我青春漫遊的時代[1]》，查了一下書籍資料，原來是三十八歲的三島由紀夫，回顧自己十七歲到二十六歲之間，從學習院中等科時代，到戰後以文壇新人出道，名作《假面的告白》發表，環遊世界歸來的那段歲月……之中還包括他自爆和太宰治會面的經過，共二十個篇章，一九六三年在《東京新聞》夕刊[2]連載，之後由「講談社」發行單行本。但中譯本其實還收錄了東京新聞連載之外的一些刊物發表短文，年分也延伸到一九七〇年，包括在《婦人公論》發表了一篇〈作家與結婚〉，坦率訴說他為何要相親結婚的理由，相當有趣。

不過，書寫這些文章的三島由紀夫，在四十五歲那年，一九七〇年十一月二十五日，切腹自殺身亡，這本書的最末一篇文章，卻是一九七〇年九月發表於《邊境》的〈陀螺〉。那日期與標題，有種難以言喻的複雜感。

思春期的少年說他想要「談一場清純的戀情，一生只那麼一次就行」。第一次到志賀高原旅行，第一次不知節制地喝了啤酒直到爛醉嘔吐，「儘管如此，我仍認為嘔吐後的快感和佯裝若無其事，是我邁向成人的必經階段。」

文學家回首自己的青春，既坦白又大膽，甚至濃烈而危險。「我既然身為小說家，首先就必須是個情感狂放的男子漢。」自承在二十五歲之前，情感始終劇烈起伏，經常受到孤獨的折磨，因此嫉恨世間平凡的青春，認為自己是「一個怪異而莫名嗤笑的二十五歲老人」。

可是在戰爭的苦悶中，熱中於文學的青年，「總覺得自己隨時都可能死去……每次警報聲響起，膽大的戰友仍照睡不誤，我卻抱著剛落筆的文稿，躲進潮濕的防空洞裡。」

一九六三年，三十八歲的三島由紀夫這麼寫著：「我很快地開始思索年輕和青春的荒謬性，但若說『年老』能帶來樂趣嗎？我又無法坦然接受。」

在三島由紀夫過世四十三年之後，以中文形式，閱讀他書寫青春的篇章，尤其書封那張黑白照片，蒼白的尖下巴，隱約的倔強和少許的青澀，對比於青壯年的三島由紀夫，肌肉精壯且尖銳剛硬的表情，以及切腹死諫的武士殉道，怎麼就覺得憂傷漸漸巨大了起來。

譯者邱振瑞[3]亦是讓我毫不猶豫選讀這本書的理由。我讀過他翻譯的貴志祐介小說《黑暗之家》和見城徹的《編輯這種病》，由他將三島由紀夫的青春篇章譯成中文，光是譯者的名字出現在書封，對我這偏執挑嘴的讀者來說，亦即代表某種成分的安心感。

讀過這本青春紀實，忍不住上網查了三島由紀夫自殺事件的文字敘述，想要藉由這些青春遍歷的證據，包括文學的執著、思春的情緒與人生存在的意見，來揣測三島最終以這般激烈的方法離世的動機。不過，稍稍沉澱，只覺得自己想要從網路搜尋意圖抽絲剝繭的行徑，除了推理的實踐之外，似乎也沒有任何意義，畢竟，那已經成為三島由紀夫的人生了。

1 原書名《私の遍歴時代》，大牌出版社。

2 晚報。

3 為國內重要的日文翻譯家之一，是最早翻譯松本清張、山崎豐子、宮本輝、三島由紀夫等名家作品的譯者。

美味莫過於人情滋味

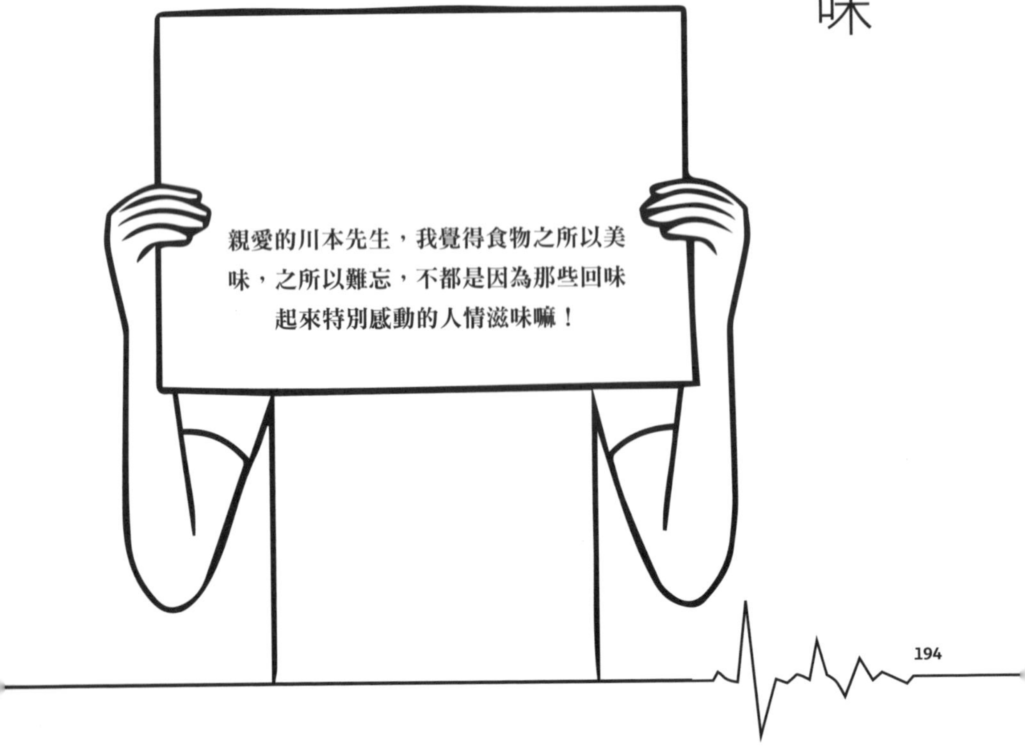
親愛的川本先生，我覺得食物之所以美
味，之所以難忘，不都是因為那些回味
起來特別感動的人情滋味嘛！

二〇一一年，發現「川本三郎」那本以淺黃底色、鮮橘字體的新書《我愛過的那個時代》出現在書店平台時，光是書封節錄出來的文字，就直接擊中胸口。閱讀的人就像擅長盜壘的棒球選手一樣，抓住時間差的感覺，跑，就對了。那時，我就有類似的感覺，我要讀這本書。

一九七二年從東大法學部畢業之後進入朝日新聞工作的川本三郎，因為保護採訪消息來源，在「朝霞自衛官刺殺事件[1]」之後，遭到警方逮捕，並在承認嫌疑事實的階段，遭到報社免職，那時川本先生才二十七歲。之後以自由文字工作者的身分書寫藝文評論，直到一九八六年，才在《SWITCH》雜誌兩位編輯的提案之下，針對十四年前發生的事件，持續一年多的連載書寫。而一九八八年，也就是川本先生四十四歲那年，集結雜誌連載文章由「河出書房新社」出版了《My Back Page》。再經過二十二年之後的二〇一〇年，製片人「根岸洋之」先生在舊書攤發現這本書，提出了改編成電影的想法，原著再次由「平凡社」重新出版，這時川本先生已經六十六歲了。翌年，繁體中文版以

《我愛過的那個時代》為書名在台灣正式發行。

這些用歲月寫成的時間序列，怎麼看都覺得時代雖有其殘酷的一面也自有一份溫柔，而這本書，成為我的勇氣之書。

後來這幾年，在台灣歷經的大小社會運動，每每遭到抗爭被收拾之後的挫敗感攻擊時，大概都會重讀這本書。也去看了改編自這本書的電影，爾後去錄影帶出租店，就重複租DVD來複習，妻夫木聰飾演的記者，松山研一飾演的K，變成私小說與電影互相投射驗證的走位，而店員也每次提醒我，這部DVD已經看過好幾遍了。

直到二〇一四年，作者川本三郎以東京下町散步的主題受邀到台灣訪問，在誠品信義店有一場跟李明璁老師的對談，我坐在會場靠牆的側邊，一邊聆聽著「稱自己已經是個十足的老人」的川本先生說著下町散步的種種樂趣，一邊卻分心想像自己與那個動盪的六〇年代正面對決。K殺害自衛隊軍官事件的採訪關係人相隔不過幾公尺，他當然不是電影裡的妻夫木聰，雖然書頁的作者簡介裡，以一九七〇年的新宿街頭為背景的黑白照片，年輕的川本先生確實有著酷似妻夫木聰的模樣（但或許是電影裡的妻夫木聰復刻了川本先生本人的形象與髮型裝扮）。其實，村上春樹曾在書裡披露過，有人問過村上，他跟川本三郎是不是兄弟？因為插畫家「安西水丸[2]」在畫他們的頭像時，除了頭髮長度不同，看起來幾乎一模一樣。

那時我肯定是因為閱讀川本先生以「我」為第一人稱書寫的那個時代，因而淋著一身時代風雨的悸動在背後推了一把，決定在對談結束之後第一個舉手發問，緊張到聲音都有點顫抖。那時我心裡只是焦慮著，不能讓只談論下町散步的川本先生就這麼離開啊……我想聽聽他對學生運動的看法，因為那時我們剛結束一場太陽花學運，所謂運動之後的空虛感，正在體內發酵。

那次，我忘了帶書，也就錯過讓作者簽名的機會，離開會場，走在信義計畫區，吹著風，懊悔極了。

那本書，《我愛過的那個時代》，因為反覆翻閱，書封已經出現皺褶，好像歲月留下的魚尾紋。

這幾年之間，我又讀了《遇見老東京[3]》，拿川本先生的記憶來比對自己熟悉的東京，把這之間變化的風景當成時空穿梭的對照。寫時代，寫人情，川本先生的文字尤其溫暖，總讓人不自覺地跟他站在一起，用同樣的視線去看待自己的周圍和過往。可貴的是，並沒有因為他身為新聞記者那幾年經歷過深刻的人生事件，因而失去看待人間世事的溫柔，他被迫失去記者的身分，卻沒有離開文字的耕耘，依然以他擅長的筆桿努力著，沒有懈怠過。

因此我讀著他以食物為主題書寫的雜文記事《少了你的餐桌[4]》，還是冷不防地，被他文字底下的濃厚人情給逼出似曾相識的人生滋味，幾度潸然淚下，幾度也打從心裡覺得詼諧有趣。譬如「清晨的豆腐店」，寫他夏日清早出門散步總會去豆腐店買一塊板豆腐，「如此花功夫、美麗的食物，一塊只賣日幣一百六十元，真是讓人過意不去。只有豆腐的價錢跟護理人員的薪資，不論如何調漲我都不會抱怨。」

有一個篇章寫到一個人前去「以新鮮現撈海鮮自豪」的小島民宿住一晚，「一邊看著海，一邊喝啤酒，悠閒地享受著旅行的愜意時光」，沒想到結帳的時候，費用卻比想像的還要便宜許多。看著他歉然的神色，民宿老闆娘解釋說：「您昨天傍晚不是一個人看著海喝啤酒嗎？看起來好像很寂寞，讓我心生同情……」

他寫到東京下町有很多不嫌棄一個人上門的居酒屋，「過去我總以為喝酒就是要一群人高聲喧鬧才好玩，來到下町的居酒屋後，才領悟到一個人喝酒的況味。或許可以說，我明白了大人飲酒的滋味。」

我尤其喜歡他寫妻子的篇章，寫三十代的夫妻兩人最大的樂趣就是週日散步之後去吃烤肉，後來妻子因為工作賣力而高燒病倒，六神無主且不擅料理的川本先生一時之間也不曉得要幫病中的妻子準備什麼吃的，只好跑去跟烤肉店求救，說明原委之後，老闆娘將熱騰騰的牛排骨湯裝進保溫罐交給他。

川本先生寫到二〇〇八年妻子過世，「老實說我很驚訝。人死後居然有這麼多煩人的事需要處理，前後不知道跑了多少趟區公所、銀行跟郵局，連哀傷的時間都沒有。」不知為何，讀到這段文字，眼淚卻奪眶而出，那文字當中，明明有很深的思念啊！

還好在二〇一七年，我又有機會見到前來台灣旅行的川本先生，也終於可以把那本翻到書封出現皺褶彷彿烙下魚尾紋的書拿給他簽名。穿著小碎花襯衫的川本先生那時也七十三歲了，他對這世間的許多觀察仍然持續著，我想起三年前他在誠品書店跟讀者見面時，開玩笑說：「不好意思，我長得不像妻夫木聰。」而他也一直擔心這本寫食物的書，不是華麗的菜色跟了不起的餐館，看起來會不會太寒酸？

親愛的川本先生，我覺得食物之所以美味，之所以難忘，不都是因為那些回味起來特別感動的人情滋味嘛！

1 川本三郎因為涉及隱匿謀殺自衛隊隊員的「赤衛軍」成員而遭到逮捕。被拘留期間，他在保護新聞來源與身為記者的倫理間掙扎。最後不敵壓力，承認曾指示滅證，於是被朝日新聞社解聘。後集結為《My Back page》（マイバクページある60年代の物語）此為《我愛過的那個時代》所敘述的主要故事，新經典文化出版。

2 作家村上春樹的好友，並與其合作繪製了許多作品。

3、4 新經典文化出版社。

橋下黃昏・我的英雄舅舅

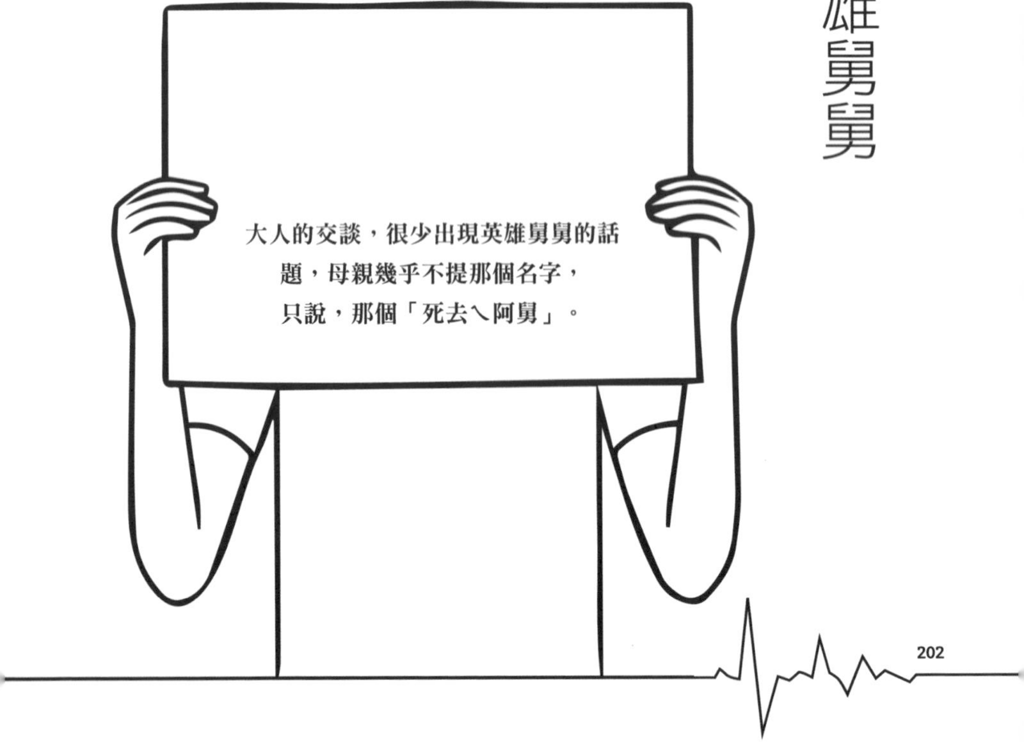
大人的交談，很少出現英雄舅舅的話
題，母親幾乎不提那個名字，
只說，那個「死去ㄟ阿舅」。

幾度跟母親提起這件事情，她只是輕輕揪了眉心，吐了一口氣，說她不記得了，完全不記得。

母親的記憶像自動過濾的漏杓，遺忘的標準完全按照她自己的意思。也許那些年，母親忙於拉拔孩子長大，張羅每日三餐，掛心每個月的會錢，熨燙父親的西裝褲與白襯衫，如果是不想記住的往事，也就徹底忘記。

但我那幾年恰是閒得發慌的小孩，除了國小三年級必須背誦的九九乘法之外，毫無人生瓶頸，等待儲存記憶的倉庫，空曠到屋簷一滴水落下，都清晰如雷鳴。

我確實記得那件事情，嚴格說來，不是單一的事情，而是，黃昏，黃昏的橋下，我和母親。

租屋在台南東門路小巷深處的獨棟平房時，每年農曆春節過後不久，約莫在元宵前後，高雄舅舅就會穿著深色西裝來訪。晚飯之前，會和母親坐在客廳小聲說話，我站在紗門後方偷聽，知道舅舅是來掃墓，但我沒見舅舅拿掃把，那時根本不知道掃墓的意思。舅舅離開之後，我問母親，掃誰的墓？母親說，另一個舅舅的墓，那個舅舅叫英雄。

咦，英雄？對啊，外婆也說，那個過世的舅舅，叫做英雄。

總是這樣，元宵前後，穿深色西裝的高雄舅舅就會出現，我知道，他來掃墓，沒帶掃把，掃英雄的墓。

當時，東門陸橋還未興建，掃墓的高雄舅舅來訪，不曉得是提前寫信通知，還是母親與他之間有什麼默契，總之，穿著深色西裝的舅舅，看起來像西部影集裡面的探員。

後來，陸橋蓋好了，橋下的路面風景遁入陰影中。我們搬家了，搬到城外，申裝了室內電話，電信局配給的撥盤米色機型，據說保證金很貴，撥盤中央還有一行「保密防諜人人有責」的小字。

那件事情，也跟電話有關。往後幾年，元宵前後，舅舅會提前來電話，通知當天要來掃墓，掃英雄的墓。

母親一次都沒跟去掃墓，只在家裡等舅舅來吃晚飯。

掃墓的電話總是來得倉促，母親煩惱晚餐菜色不夠，已近黃昏，猶豫不得，立刻起身拿了皮包就出門，每次都回頭問我，要不要一起去東門圓環的黃昏市場買熟食回來相添。

跟啊，當然跟啊，可以穿過陸橋下方去東門圓環，那是探險啊……我急忙套上夾腳拖鞋，賽跑都沒那麼認真。

於是，母親的手臂夾著皮包，腳步匆忙，走在前方，一手拉著我，像拖著什麼行李。

經過東門城，經過東門教會，經過東門幼稚園，經過橋下的內科診所，經過橋下的長老教神學院，經過橋下的小廟，小廟旁邊有收驚婆婆的攤子，隔一條巷子有聖米迦勒堂，有律師事務所，有頭頂經過的高架道路如氣焰猖狂的龍，有地底廢氣充斥的機車地下道像沾滿泥土的蚯蚓，而平面橫切而過的鐵道像盲腸手術的疤痕……

母親和我摀住口鼻，快步走過地下道那欄杆圍起來的狹長行人穿越小通路，那段路程不到一分鐘，卻因為噪音迴盪和光線陰暗，成為時間凍結的黑暗甬道，彷彿走了一整年。

回到路面之後，經過賣木屐的店和買賣郵票的集郵社，我問母親，可以在「大人廟」前的攤子吃一碗陽春麵嗎？母親頭也沒回，往圓環的方向跨步快走。

黃昏市場的入口，有賣剉冰的小攤，推車上面，一個個白底藍紋的琺瑯盆裡裝著紅豆綠豆粉粿粉圓仙草和芋頭……

「可以吃剉冰嗎？」

母親不理我。

市場入口有一家賣「港貨」的舶來品店，母親在店口張望，盯著一罐鮮綠色洗髮精，那表情好像看著童話故事的一座城堡。我也好想用鮮綠色洗髮精洗頭，因此雀躍起鬨，買啊買啊，但母親不理會，隨即拉我走入市場。

市場內，照例是混雜著牲畜海鮮的臭腥與熟食的人工調味，潮濕的走道深處，有人在說書，說廖添丁。我站在那裡聽到出神，母親好似離開一下子，買了油雞或鹹水鴨或紅糟肉之類的現成熟食，我沒仔細問究竟買了什麼，只顧著聽說書，那人講話的腔調表情跟黃俊雄布袋戲幾乎一模一樣。

廖添丁的故事好精采，母親站在我身後，我沒回頭，不曉得她也想聽說書，或純粹是等我。

回家了。說書的還在繼續，母親拉著我的手，又走過市場口賣港貨的舶來品店，鮮綠色洗髮精還在那個城堡的位置。剉冰攤子的小燈泡亮起，我們從東門陸橋另一側的地下通道鑽入地底，時間凍結的甬道中，我問母親，英雄舅舅為什麼會死掉？母親說，生病死的。那他真的叫英雄嗎？對啊，叫英雄。

元宵前後，穿著西裝前來掃墓的高雄舅舅，以及黃昏走在橋下的母親與我，成為一組密碼。起碼在我小學三年級到國中前後，一年一次，但母親說，這事情，不記得了。

大人的交談，很少出現英雄舅舅的話題，母親幾乎不提那個名字，只說，那個「死去ㄟ阿舅」。

後來，不曉得是高雄舅舅不來掃墓了，還是掃墓之後不會來吃晚飯，東門陸橋年年老去，橋下的風景依舊，東門圓環的黃昏市場沒落了，說書與聽說書的，都不見了。市場入口那家賣港貨的舶來品店還在，剉冰的攤子也沒離開，而我也終於知道，舅舅其實不叫英雄，而是「榮祥」，台語發音，彷彿英雄。

英雄不是生病死的，但也應該是病了，出生在日本時代的長輩低聲談論過神祕的病名，「うつびょう」，我學了日文之後，懂了，「鬱病」。阿姨說，英雄是自殺走的，農曆年後不久，也許是元宵前後。

終於找到照片，死去的英雄舅舅，很帥。母親才說，英雄的腦袋很好，考試都是「第一頂」。

那幾個黃昏，來回橋下，我跟死去的英雄舅舅，屈指可數的關連。但母親說她不記得那些黃昏了。

外婆的一把青

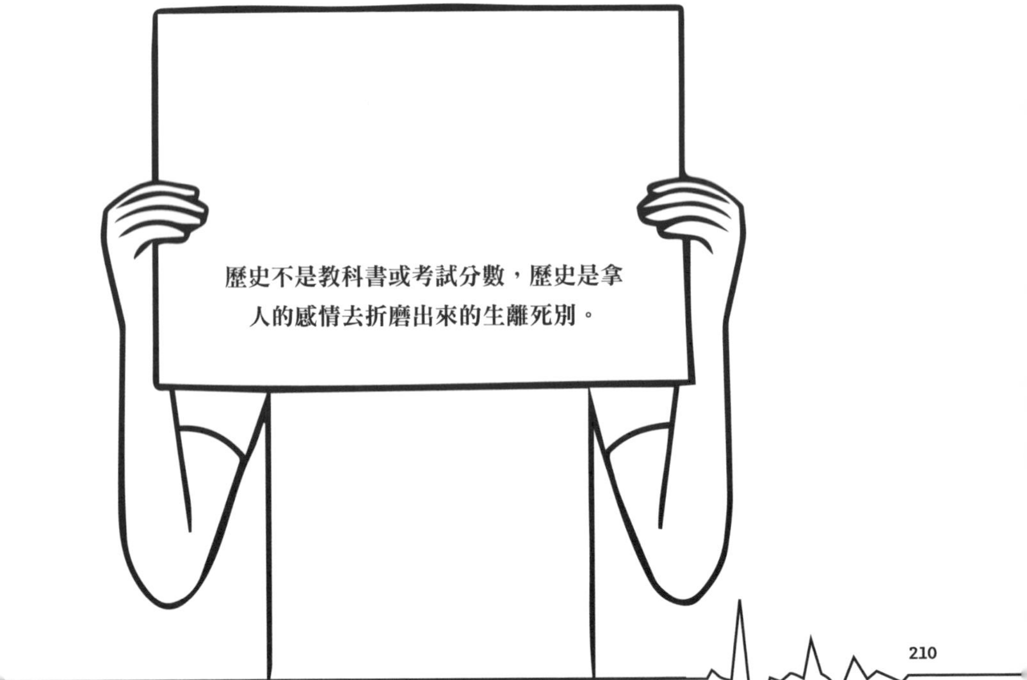
歷史不是教科書或考試分數，歷史是拿
人的感情去折磨出來的生離死別。

公視文學大戲《一把青》的劇情來到後半段，師娘秦芊儀和副隊娘小周透過朱青拜託香港熟人「中轉」尋親信件，焦慮打探「淪陷匪區」的親人是否安好，從她們身上，彷彿看到外婆的影子。

外婆年輕時，在相館留下的寫真照，也幾乎都穿著旗袍，風華比起師娘與副隊娘，毫不遜色。二十幾歲喪夫之後帶著小孩去廈門探視同養母的妹妹，結識後來的丈夫，亦即我的外公。兩人成婚之後，同養母的妹妹跟她要了一個女兒當養女，外公說，反正住同一條街，想念的時候叫來家裡，就見到了，沒什麼難的。沒想到幾年之間，太平洋戰爭開打，日本派出撤僑船隻，台灣籍的外婆帶著小孩搭船回台灣，據說那天大雨，外公撐著黑傘送他們去碼頭，那原本盤算住同一條街、要相見也不難的女兒，往後就隔著海峽，沒辦法見面了，就連撐傘來相送的外公，從此也回不了台灣。

台北大空襲之前，外婆帶著小孩「疏開」到桃園鄉間，那時與外公聯繫靠書信，收到信，日本警察上門盤問，外婆就把信給他們看。那時中日戰爭緊張，外公的兄弟又跟國民黨與共產黨各有淵源，日本警察常在屋外監控，套一句現在的說法，就是來查水表。外婆說，還好她不識字，否則早給人拖去斃了。

外婆始終掛念著留在廈門的女兒，輾轉透過同房親戚從香港聯繫，但這些事情只能私底下講，小孩三番兩次被大人叮嚀警告，絕對不可以讓外人知道。消息得來不易，雖然沒辦法公開通信，暗地裡的動作應該不少，如同《一把青》的師娘與副隊娘，光是想得知親人訊息，偷偷摸摸委託朱青送信，之後三人都被情治單位盯上，若想保命就得供出一、兩個名字，悔過還要看國家政府給不給自新機會……這才回想起當年外婆找女兒的過程，會不會也這麼曲折，拿生命冒險。

高中讀白先勇原著的時候，只記得小說交代兩個時空場景，一在戰時中國，一在戰後台灣，朱青和郭軫與小顧的兩段愛情才是重點，師娘感覺要老一些，小周則是幾行字帶過。但是改編戲劇可就沒這麼含蓄客氣，這些人物背後的身世經緯與時代的荒唐事，全都不避諱了。我看到外婆當年尋女的影子，想必更多人看到家族長輩當時無法明講的祕密，這時候攤開來，有些事，自然是懂了，卻也覺得那些親人之間的思念，對故鄉的牽掛，拿「與匪勾結」的帽子來互相陷害，實在殘忍。

那些年透過黑色電晶體收音機聽深夜廣播，不小心轉到神祕頻道，開頭都是字正腔圓的「親愛的台灣同胞」。寂靜夜裡，聽到這廣播簡直毛骨悚然，卻又想聽，聽他們對台灣同胞喊話，也找來親人報上家鄉與姓名，當時我就想過，要是那位留在廈門的阿姨出現在廣播裡，該怎麼辦？只知她名喚「阿雲」，若聽到了，要不要跟大人說？說了，算不算「與匪勾結」？

那時已經在日本娶妻生子的大舅，為了幫外婆尋女，入了日本籍，這樣既可來台灣又可去中國，免得去了中國找人之後，被當成匪諜，就回不了台灣。之後，也不曉得透過哪層關係，聯繫上了，還有封信。我聽大人提起那封信，內心卻恐懼得要死，畢竟連戲院售票口都寫著檢舉匪諜的標語，電信局配裝的有線電話轉盤也有小心匪諜的警語，我擔心那封信的事情萬一被什麼人檢舉了，豈不槍斃。

後來，家裡的電話簿，寫著廈門阿姨的地址，幾年之後，又多了電話號碼。母親從來沒打過電話也沒寫過信，她們不親，畢竟在母親成長過程中，從來沒有這姊姊相伴的記憶，甚至她自己的父親在澳門過世，過了兩年，戰爭結束，她都八歲了，才知道沒見過面的父親，往後也見不到了。

另一位舅舅，是親族裡的遠房那裡收來當外公養子，戰前在廈門、上海都住過，年輕時長得帥氣，很像邵氏電影明星。到了八十幾歲，還在高雄讀老人大學，當班長。某天約好去探訪，他穿了襯衫西褲，梳了小油頭，在路口等，上海紳士模樣。說他一九四九年之後，拿中華民國護照，從香港搭飛機去上海，一路也沒人攔，中華人民共和國海關問他，來做啥？他說，回家，回上海的家，就這樣進了大上海。只是返回台灣之後，可就慘了，好幾年都被情治單位盯上。他又說去過澳門掃墓，隨身攜帶一罐台灣紹興酒，坐在墳前，跟外公乾杯，說外公疼小孩，不管是不是自己生的，從來沒小氣過。那是最後一次跟舅舅見面，後來聽說他過世的消息，想起那天傍晚，他站在門口揮手道別，想他年輕時的帥模樣，好比《一把青》的郭軫。

戲劇《一把青》裡的小墨婷，考試八科不及格，震怒的老師對全班咆哮：「靠你們，哪有辦法反攻大陸啊！」

以前，也被外省鄉音很重的老師這麼罵過，功課不好，就去工廠當女工！功課不好，怎麼反攻大陸……反攻大陸是鄉愁的另一種表現，小墨婷的老師唱著萬里長城唱到老淚縱橫，我高中時期遇過幾位原本在大陸讀過師範學校的老師，也類似這樣，只是沒哭，光嘆氣。

歷史不是教科書或考試分數，歷史是拿人的感情去折磨出來的生離死別，早就沒有反攻大陸這回事了，而匪諜，早也不匪諜了。

---

1 此短篇小說收錄在白先勇《臺北人》一書裡頭，爾雅出版社。

《初老，然後呢？米果的老青春 · 幸福論》

第一次感覺老的時候，無須懊惱，就一路往前，一路老去，
越老越青春，這樣的人生，才夠意思。

大人是什麼？變老是怎麼一回事？比起外表蒼老或身體機能衰退，最恐怖的莫過於自己漸漸變成年輕時候所討厭的樣子……___ 米果

當生理無法抵抗年歲，社會價值看「老」的眼光，
就是「走山」「崩壞」「飄大嬸味」……
但一直恐老只會讓你越老越沒有價值，越老越蠢！
我們究竟有沒有勇氣？用坦蕩蕩的胸襟來面對？

米果的老青春幸福論，犀利刻劃初老跡象，不是教你當抗老鬥士，
但老了一樣可以很時髦，老了也要很好奇……
把年齡當加分，接受「老」才會一直青春無敵下去 ~~~

【延伸閱讀】

《13年不上班卻沒餓死的祕密》

不上班之抉擇命運→自主失業並不是倉促決定的啊……
不上班之工作魂→自由工作者才不是你想的那種自由呢！
不上班之生活規律術→即使不上班也要當「朝型人間」。
不上班之職業道德→準時交稿是我的職業道德。
不上班之自我肯定→今年的員工旅遊，就由我這本書來買單吧！

我，失業13年了，卻也持續工作了13年……
沒有固定雇主，沒有年終獎金、沒有退休金……所以，一定要想辦法不餓死才行啊！
13年不上班的「接案人生」，事先準備好養活自己的打算，才沒有速速陣亡，
13年不上班卻沒餓死，是因為自我管理，懂得理財與時間規劃，
不上班不是一時衝動，而是清楚與尊重自己的選擇；
不上班不是為了趕潮流，也不是為了懶散過日子，而是選擇了另一種努力過生活的態度！

【延伸閱讀】

《只想一個人，不行嗎？》

米果說：「這輩子結不了婚，真的只是剛好而已啊！」
米果說：「不結婚是神經病，你現在才知道！」
米果說：「小鐘，很抱歉我無法替你生小孩。」
史丹利說：「我一個人，關你屁事！」

一個人不是因為條件不好，也不是市場滯銷品。
〈對火紅的剩男剩女說〉
一個人不是因為眼光太高，只是剛好沒遇到。
〈對久久見一次面的親戚與同學說〉

網路瘋狂轉傳的米果觀點，沒有要你變兩個人，或一直一個人，
她只想說，請尊重我的任何選擇，請不要莫名地同情我，
因為那也叫種族歧視!!

國家圖書館出版品預行編目資料

濫情中年：米果的大人情感學 / 米果作 .
——臺北市：大田，2018.11
面；公分 . ——（美麗田 ; 163）

ISBN 978-986-179-543-0（平裝）

855　　107013190

美麗田 163

濫情中年：米果的大人情感學

作　　者｜米果
出 版 者｜大田出版有限公司
台北市 10445 中山北路二段 26 巷 2 號 2 樓
E-mail｜titan3@ms22.hinet.net　http：//www.titan3.com.tw
編輯部專線｜（02）2562-1383 傳眞：（02）2581-8761
【如果您對本書或本出版公司有任何意見，歡迎來電】
總 編 輯｜莊培園
副總編輯｜蔡鳳儀　編輯｜陳映璇
行銷企劃｜高芸珮　行銷編輯｜翁于庭
校　　對｜金文蕙 / 黃薇霓
初　　刷｜2018 年 11 月 12 日 定價：280 元
總 經 銷｜知己圖書股份有限公司
台　　北｜106 台北市大安區辛亥路一段 30 號 9 樓
TEL：02-23672044 / 23672047 FAX：02-23635741
台　　中｜407 台中市西屯區工業 30 路 1 號 1 樓
TEL：04-23595819 FAX：04-23595493
E-mail｜service@morningstar.com.tw
網路書店｜http://www.morningstar.com.tw
讀者專線｜04-23595819 # 230
郵政劃撥｜15060393（知己圖書股份有限公司）
印　　刷｜上好印刷股份有限公司
國際書碼｜978-986-179-543-0 CIP：855/107013190

填回函雙重贈禮♥
①立即送購書優惠券
②抽獎小禮物